文春文庫

耳袋秘帖

南町奉行と鴉猫に梟姫

風野真知雄

文藝春秋

耳袋秘帖　南町奉行と鴉猫に梟姫●目次

耳袋秘帖

南町奉行と鴉猫に梟姫

序　章　猫になったり、カラスになったり

一

南町奉行根岸肥前守鎮衛(ねぎしひぜんのかみやすもり)は、昼飯を食うために、奉行所の裏の私邸のほうへもどって来た。連絡もせず、突然やって来たのだが、よくあることなので、女中たちも慌てたりはしない。だいたいが、根岸家の女中たちは、こまめに働くわりには、どこかのんびりして、楽しげである。

「今日は、朝の残り飯でぶっかけ飯にしようと言っていたのですが」

と、女中頭のお貞(さだ)が言った。

「ああ。わしもそれでかまわんよ」

そう言って、庭に面した座敷にどかりと座った。陽が差し込んでいて、一月下旬(旧暦)にしては暖かい。

根岸が来たのに気づいて、庭にいた黒猫のお鈴が、凄い勢いで駆けこんで来て、膝に飛び乗った。

「あら、お鈴。汚れた足で!」

見ていた若い女中が、困った顔で言った。

「なあに、かまわんさ」

そう言って、根岸はお鈴の喉を撫でた。ごろごろというお鈴の喉が鳴る音は、根岸にとっても心地良い音なのである。なにせ朝から、気の重い裁きが四件もつづき、うんざりしていたところだった。

お貞がお膳を持って来た。

ぶっかけ飯とは言ったが、あぶらげと菜っ葉の味噌汁と丼飯のほかに、急いでつくった卵焼きと沢庵(たくあん)がついている。それでも、町奉行の昼飯にしては、ずいぶんと質素なものである。

根岸はさっそく、丼飯に味噌汁を注ぎ、かっこみ始めた。

途中、卵焼きに箸をつけたが、

「ん?」

と、動きを止めた。

近くで給仕のために控えていたお貞が、

「どうかなさいましたか？」

と、慌てたように訊いた。飯に小石でも混じっていたかと心配したのである。

「いや、近ごろ、野鳥が少なくなっておらぬか？」

そう言って、根岸は卵焼きを口に入れた。

「ああ、小鳥ですか。殿さまも気がつかれましたか。そうなのです。それは、女中たちとも話していたのです」

「やはり、そうか」

春が近づき、庭の梅がちらほらと咲き始めているのに、ウグイスの姿がない。

いつもはチュンチュンとうるさいくらいのスズメも見かけない。

「そっちの塀のわきに、いつも水飲みの器と、小皿を置いて、小鳥たちがついばめるような残り物を入れているのですが、このごろ、ちっとも減らないのです」

「それは奇妙だな」

根岸がそう言うと、お鈴がそれに賛同したように、

「みゃあ」

と、鳴いた。

根岸は、汁に混じっていた煮干しを箸で取り、それを指でつまんでちゅぱちゅぱと汁を吸ったあと、お鈴に与えた。

「大地震の前に、生きものがいっせいにいなくなったりするという話を聞いたことがありますが……」

お貞が心配そうに言った。

「確かにそんな話はあるな」

「そういえば、一昨日の夜あたり、地震がありました」

「そうだったな」

夜中だったが、根岸はぎいぎいと柱が揺れる音に気がつき、目を覚ました。幸い、それ以上、大きくはならず、根岸はすぐに寝入ってしまった。

「まさか、大地震が？」

「なあに、単に鳥たちが、ほかに集まるところができただけかもしれぬ。そうした言い伝えは、ほかにも山ほどあるし、必ず当たるというわけではない」

「そうですね」

「まあ、備えあれば憂い無しだ。用水桶の水を増やしたりして、火の用心は怠りなくしておいてくれ」

「わかりました」

それから根岸は、昼飯を食べ終わると、お鈴の喉をひと撫でし、またそそくさと、表の奉行所に向かったのだった。

二

この晩――。

根岸肥前守は、深川の油堀河岸の前にある船宿〈ちくりん〉に来ていた。ここの二階で飲むのが、いちばん気持ちがやすらぐのである。それなのに、ここへ来ることができるのは、月にせいぜい一度か二度といったところである。

今日は、午後になっても裁きがつづき、結局、一日で九件の裁きをこなした。

悪事にはそれぞれ背景がある。しかも、悪事の元は、数代にわたって培われてきたのではないかと思えるほど根の深いものが少なくない。そこまで思いをはせると、憂鬱にならないわけがない。

――なにも考えずに飲もう。

そう思って、急遽、船に乗って、ここまで来たのだった。むろん、護衛のため、宮尾玄四郎と椀田豪蔵が付き添っている。その二人は、階下で警戒はしつつも、のんびり足を伸ばしている。

幸い、根岸の想い人である深川芸者の力丸が、今日のお座敷は芸者も入れると、八十人ほどいる宴会だったので、料亭のあるじには断わって、抜け出して来てくれた。

特別なごちそうではない。ハマグリの酒蒸し。ふろふき大根、それとここの女将がちかごろ考案した、アジを三枚におろしたものに、片栗粉をまぶし、鉄鍋で軽く炒めたものくらいである。

だが、どれも根岸には素晴らしくうまいものに思える。

酒がゆっくりと染み渡っていく。

「そういえば……」

と、根岸は近ごろ小鳥をあまり見ていないという話を持ち出した。さほど大げさに考えたわけではない。ここのあるじの馬蔵あたりが、

「そんなことはありません。スズメはいっぱい見かけます」

とでも言ってくれたら、それで納得するくらいだった。

ところが、

「言われてみれば……」

と、馬蔵がうなずいた。

「あんたもそう思うのか？」

「ええ。いまどきはいつも、そっちの椿の木に、メジロが群がるんですが、今年はまったく見かけないんです」

「ほう」

根岸は訊かなければよかったと思った。身体の酔いのなかに、ぽとりと冷たい水滴が落ちたような気がした。

「でも……」

と、力丸が言った。

「ん？」

根岸は、次の言葉を期待した。

「あたしも小鳥は見かけないと思うのですが、さっきお座敷で、変なカラスがいるという話を聞きました」

「変なカラス？」

まさか、小鳥を食いまくるカラスだったりするのか。それで小鳥が少なくなっていたりしたら、嫌な話である。

「おっしゃっていたのは、天文屋敷（てんもんやしき）のお役人だったので、かなり信用できる話だと思うんですよ」

「ふむ」

「蔵前あたりにある、大名屋敷の塀の上なんだそうですが、夜になると、カラス猫とかいうのが出るんですって」

「カラス猫？」

カラス貝や、カラス瓜なら知っているが、カラス猫などは聞いたことがない。

「ええ。ちょうどこのあいだまで、月夜がつづいたでしょ。それで、カラスがずいぶん鳴いていたんですって」

「カラスが夜に鳴くのは、別にめずらしいことではないがな」

「ええ。月夜のカラスは大名に祟る、闇夜のカラスは火事が出るとか言いますよね」

「あっはっは。よく知っているではないか」

「それで、そこのお大名に良くないことでも起きるんじゃないかと言っているうちに、そのカラスたちが、ミャアミャアと鳴き出したらしいんです」

「ああ、それか」

と、根岸は苦笑し、

「カラスは教えるとしゃべるようになるのさ。つい、このあいだも、それが悪事に使われたことがあったよ（『南町奉行と逢魔ヶ刻』）」

と、言った。

「はい。それはあたしも聞きました。でも、そのカラスは見ていると、姿まで猫になったりするんですって」

力丸が顔をしかめながら言うと、売れない戯作者でもある馬蔵が、

「ほほう」

と、興味を示した。それを戯作にでも使おうというのだろう。

「さらに見ていると、カラスにもどったり、また猫になったりするんだとか。それで、あのあたりの人たちは怖がって、カラス猫と呼んでいるみたいですよ」

「……」

根岸は黙って苦笑している。

「でも、お奉行さま。カラスと猫が交わって、新種のカラス猫というのが生まれるなんてことはないんですか？」

と、馬蔵が訊いた。

「そんな話は聞いたことがないな」

根岸は首を傾げた。

「ですよね。あっしも、自分で言って、これはくだらねえと思いました」

馬蔵はそう言って、頭をぴしゃりと叩いた。

そのときである。

バサバサッ。

と、音がして、カラスが一羽、窓の手すりにとまったのである。障子にその影が映っている。薄気味悪いくらい、大きなカラスである。

「まあ」

力丸が目を瞠(みは)った。

根岸のちょうど真後ろになっていて、力丸と馬蔵がそれを見ている。

馬蔵が追い払おうとでも思ったらしく、あたりになにかぶつけられるものはないかと探した。

「あの野郎」

「よいよい。かまうな。なにも驚くことはない。江戸の夜は明るいので、カラスが夜、飛び回るのはよくあることさ」

根岸は振り向きもしない。湯にでもつかっているような顔で、ハマグリの旨味を堪能(たんのう)している。

「ですが……」

力丸の声は震えている。

「それとも、そのカラスが猫に変わるのかな」

根岸は薄く笑って言った。

力丸と馬蔵は、障子に映るカラスの影に見入っている。なんだかいまにも、その影が猫の姿に変わっていきそうで……。

第一章　ウグイスと呼ばれる男

一

　このところ雨はほとんど降っておらず、空気が乾いて埃っぽい。しめの娘で、岡っ引き辰五郎の女房のおつねは、

「洗濯物に砂みたいなものがつく」

と、こぼしていた。

　しめは、寒いし、汗をかかないので、ほとんど洗濯物が出ない、というか出さないので、そういう実感はあまりない。

　そのしめはいま、雨傘屋とともに、深川の小名木川に沿った道を歩いている。

　朝、いったん根岸肥前守の私邸に行って、朝餉をごちそうになりながら、巷のよもやま話をし、それからこっちにやって来た。永代橋を渡り、大川沿いに北上し、

万年橋を渡らずに、小名木川の南岸沿いに進んでいる。もっとも、小名木川の場合は、北岸にはあまり道がなく、ほとんどが広大な大名屋敷の裏塀になっている。

しめは、このあたりまでは滅多に来ないので、景色が新鮮である。

歩いている人より、小名木川を行き来する舟の数のほうが多かったりする。

しめが向かっているのは、深川の外れにある料亭である。

なんのためかと言うと、朝、家を出るとき、雨傘屋とこんな話をした。

「以前、鎌倉河岸の料亭で板前をしていた栗平ってのが、いま、深川の〈福福田〉って料亭の板長をしていてね」

「へえ。出世したわけですね」

「ううん。神田の板前と、深川のはずれの板長のどっちが上かは、難しいところだと思うけどね」

「なるほど」

「それで、その栗平が、昨夜、頼んできたんだよ。その福福田のあるじが大事にしている万年青が盗まれたんだと。それで、お客の手前、あまり騒ぎ沙汰にはせず、解決したいと言って、それならと栗平があたしの名を出したんだと」

「ははあ」

「でも、あるじはあたしが女と聞いて、それは駄目だといったん断わったらしいんだが、根岸さまに可愛がられていて、しかも神田の辰五郎の義理の母だってことも伝えると、それはぜひひと、態度を変えたんだと」

「やっぱり」

「なにがやっぱりだよ。あたしは根岸さまと辰五郎のご威光だけで、江戸でただ一人の女岡っ引きになったんじゃないよ。いろいろ手柄を立てて、それで十手(じって)を預かるようになったんだから」

　と、しめは朝から大いに息巻いた。

「ごもっともです」

　子分の雨傘屋こと英次(えいじ)は、神妙な顔でうなずいた。

「それにしても、万年青なんか盗まれたからといって、この忙しいしめさんにわざわざ頼むかね？」

「いや、親分。それはわかりますよ」

「なんで？　三十鉢ほど盗まれたとかいうならわかるよ。たかが一鉢だよ。そうか、鉢がよほどいいものだったんだ」

「いやいや、万年青自体がよほど貴重なものなんですよ」

「万年青が？　確かうちにも二鉢ほどあったよ。ずいぶん猫の糞をかぶっちゃったけど、あれ持って来てやろうか？」

「それが、どこにでもある万年青じゃないんですよ。江戸の園芸好きは、万年青か朝顔に夢中になってるんです。それは、どっちも珍種が出るからなんですよ」

「珍種？」

「万年青だと、葉のかたちとか白い斑とか、変わったものが生まれるんです。よほど珍しいものができると、五十両、百両という値がつくらしいですから」

「たかが万年青に百両！　くだらないねえ」

と、しめは呆れた。

「ま、あっしは気持ちはわかるんですが、五十両、百両となると、手が出ませんよ」

「ということは、福福田のあるじは、下手したら百両盗まれたってことかい？」

「たぶんね」

「だったら、あたしが呼ばれても不思議はないか」

と、そんな話があって、しめと雨傘屋はいま、小名木川沿いの道を歩いているというわけなのである。

景色がずいぶん鄙びてきた。町人地もあるが、江戸のまんなかと違って、空き地が多く、町全体がすかすかしている。

大横川にぶつかったところで、右に折れた。半町（約五十メートル）ほど行って、

「そこだね」

すぐにわかった。ここらじゃかなり目立つ、広壮な建物である。

「ちょっと待った、雨傘屋。そこらで、もう少し暇をつぶしてから行こう」

「どうしてです？」

「昼どきに行くと、飯を食べさせてくれるかもしれないだろうが」

「客として行くんですか？」

「そうじゃないよ。出してくれても、まかない飯だろうけどさ、ああいうところのまかない飯は、凄くうまいのさ」

「……」

それはあまりにみみっちいと、雨傘屋も言いたいが、そういうことは言えない。

それから、いったん小名木川までもどり、扇橋(おうぎばし)を渡ってたらたらとまっすぐ進み、対岸に有名な五本松が見えるところまで来て、またもたらたらと引き返した。

「そろそろいいかな」

そこで福福田の裏口のほうから入って、近くにいた女中に、

「板長の栗平さんにお会いしたいんだがね」

と、声をかけた。

栗平はすぐにやって来た。雨傘屋は、なんとなくしめと同じくらいの歳と思っていたが、ずいぶん若い。もしかしたら、自分と同じくらいの歳かもしれなかった。

かたや大きな料亭の板長、かたや女岡っ引きの子分。ずいぶん差がついたような気がする。

「どうも、清香親分。お久しぶりで」

と、栗平が慕わしそうに言った。

「ああ、そうだね」

「遠くまですみませんね」

「なあに。でも、来慣れないんで、扇橋を渡って、しばらく行っちまったよ」

「そうでしたか。お腹がお空きでしょう。いま、昼飯を用意させます。まかない飯で申し訳ありませんが、召し上がってください」

そう言われると、しめは雨傘屋を見て、

「ほらね」

という顔をした。

裏口わきの、たぶん女中部屋とおぼしき部屋に通され、栗平がいったん台所に引っ込んだところで、

「さっき、親分を変な名前で呼んでましたね？」

と、雨傘屋が訊いた。

「ああ、昔の綽名だよ」

岡っ引きになったとき、しめは「清香」に改名すると宣言した。しめという名は昔から嫌いだったし、さんざん考えて、この名を思いついたのである。ところが、ずいぶん宣言したにもかかわらず、誰も「清香」と呼んでくれないので、近ごろでは自分でも忘れてしまっていた。

「そうでしたか」

雨傘屋は、似合わない綽名とは思ったが、ここは突っ込まずにうなずいた。

「親分。こんなものですみません」

と、栗平が持ってきたのは、ウナギの蒲焼きを細切りにしたものに、溶き卵をかけた丼飯である。

これがさすがに料亭の味である。

「うまいねえ」

と、しめはおかわりしたいのを、なんとか我慢したくらいだった。

ちょうど食べ終わったころ、福福田のあるじが来て、

「しめ親分。わざわざ、申し訳ありません。あるじの松右衛門(しょうえもん)と申します」

と、挨拶した。四十がらみの大きな男で、顔つきもナマズの大物みたいにふてぶてしく、料亭のあるじより、火消しの棟梁でもやったほうが似合いそうである。

「栗平さんから、ざっとは聞いたけど、万年青の鉢が盗まれたんだってね。さぞや、

珍しいものだったんだろうね」

　と、しめは知ったようなことを言った。

「そうなんです。入手の苦労は言いませんが、葉に降る雪のような珍しい斑が入った逸品で、あたしは〈雪の古里〉と名づけておりました」

「雪の古里とは、洒落たもんだねえ」

「ええ。その万年青が見たさに来る客は、日に一組はあるくらいでして。それが、盗まれたんですから、あたしも愕然となりました」

「だろうね」

「ただ、あたしも騒ぎにはしたくないんです。できれば、そっと取り戻したいのです。ええ、費用のほうは覚悟していますので」

　と、あるじの松右衛門は、目玉を金色に見えるほどに光らせた。

　こういう依頼はめずらしくない。泥棒に入られたと知られると、むしろ店の信用が落ちるし、恥にもなる。それで、懇意にしている岡っ引きなどに、調べを依頼するのだ。

「費用なんて、たいしてかからないよ。それよりあたしは、江戸の治安を守りたいだけなのさ。ま、やれるだけのことは、させてもらうよ」

　と、しめは依頼を引き受けた。

二

「まずは、万年青が置いてあったところを教えてもらおうか」

と、しめが言い、

「こちらです」

と、案内されたのは、二階のいちばん奥にある客間だった。粟平は、まだ仕事があるらしく、あとはまかせましたというように、いなくなっている。

「へえ」

しめは感心した。

八畳ほどの、立派な座敷である。天井から欄間から凝りに凝っていて、南町奉行所の根岸の部屋など、これに比べたら、女中部屋かと思えるほどである。

「その床の間に置いていたのです」

あるじの松右衛門は床の間を指差した。

なるほど、盆栽を置くような台には、なにも載っていない。

「でも、掛け軸はあるんだね」

しめは、紅葉した山を描いた絵を指差した。

「ええ」

「盗まれるほどいいものじゃないんだ？」

「とんでもない。尾形光琳ですよ。金のことで言えば、万年青の倍はします」

万年青など下手すると枯れたりするかもしれない。それよりは、絵を盗んだほうが、価値は落ちないし、売りさばくのにも楽なはずである。

「だったら、金が目当てじゃなかったのかね？」

「なあに、絵の価値がわからないだけでしょう」

「ふうん」

しめは首をかしげ、部屋の外を見た。

この先は行き止まりである。片側は吹き抜けになっていて、玄関口や帳場のあたりも見えている。階段は、ちょうど反対側にあり、途中に踊り場があるので、上り下りする者は、自然とこの部屋あたりは目に入ることになる。

「いつ、盗まれたんだい？」

しめは、松右衛門に訊いた。

「一昨日の晩でした。当日は、下の広間で宴会があり、二階は使ってなかったんです。夕方見たときはありました。ところが、宴会が終わりに近づいた夜四つごろ（夜十時）には、なくなっていたんです」

「どういう宴会だったんだい？」

「版元さんたちの会です。茶器を持ち合って、披露されていました」

「帰りはちゃんと見送ったのかい？」

「もちろんです。万年青を持ち出す人はいないかと、目を皿のようにして、一人ずつお見送りしました。もちろん、怪しい人などおられませんでした」

「だったら、身内の人間が怪しくなるね？」

　と、しめは言った。

「そうなのですが、うちは板前も女中も、皆、この裏にある建物で寝泊まりしているんです。持ち出すには、どうしたって帳場の前を通らなきゃなりませんし、宴会でこの部屋に出入りする暇などあったのかと」

　そう言って、松右衛門は首をひねった。

「旦那さん、ご家族は？」

　と、しめは訊いた。

「女房と子どもが三人おりますが、まだ小さくて、ここをうろうろされても困るので、女房といっしょに、川の向こうの一軒家に住まわせているんです」

「そうかい」

　しめは、腕組みして、この部屋の窓際に立った。

　軒先には、鳥かごが三つほどかけられているが、なかに鳥はいない。

「ここは、空の鳥かごを飾るのかい？」

「四、五日前に死んだんですよ。インコが二羽に、文鳥が一羽ずつ入ってました。どれもきれいな鳥でしたが、三羽ともお陀仏です。もしかしたら、万年青を盗んだやつが、殺したのかもしれませんね」

「でも、万年青が盗まれたのは、一昨日だろ？」

「いったん下見に来ていたのかも」

「なるほど。でも、なんで鳥なんか殺すんだい？」

「あたしが珍しいものを持っていることを、羨んだのじゃないでしょうか」

「ふうん」

窓の外を見た。下は狭い庭になっている。真下は池である。

「ここから上がれるかね？」

しめは雨傘屋に訊いた。

「難しいでしょうね。この家に梯子はありますかい？」

雨傘屋が松右衛門に訊いた。

「裏の小屋のほうに立てかけてありますが、その梯子を使っても、ここには入れませんよ。下の池はけっこう深いんです。あそこにうちの梯子を立てても、この窓まで届かないんですよ。よほど長い梯子でも、どこかから持って来れば別でしょうが、家のなかを通らないと、下の庭には行けないんですよ」

「やっぱり、無理ですね」

雨傘屋はしめに言った。

庭と川沿いの道のあいだには、黒板塀が建てられている。その塀がかなり高いので、この窓から見ると、道は遮られ、通る人は見えない。そのため、大横川と上り下りの舟が眺められるが、それはいかにも江戸の郊外の、のんびりした景色になっている。

玄関口は道から二間（約三・五メートル）ほど入り込んだかたちになっている。そのわきだけは黒板塀ではなく、サザンカの垣根になっていて、花はもう盛りを過ぎている。一見すると、垣根の隙間から潜り込めそうだが、竹垣が内側にあり、それも難しそうである。

「ちょっと外を見回ってみるよ」

そう言って、しめと雨傘屋は、外を一回りすることにした。

ただ、ぐるりと回ることはできない。裏手は大名屋敷の庭で、料亭よりも高い築地塀になっていて、とても出入りなどできそうにない。

「なんてこったい」

しめは頭を抱えた。

ここは、町名で言うと、深川清住町(ふかがわきよすみちょう)の代地になっている。大横川に沿って、雑多な店や、職人の仕事場が並ぶが、この料亭はここらではいちばんの大所帯らしい。

「こういうときは、遠くから見るんだ」

と、しめは言って、小名木川と大横川が交差するほうに歩き出した。

雨傘屋も黙ってついて行く。

大横川に架かる扇橋の上に立ち、しめは周囲を見回して、

「のんびりしたところだねえ」

と、言った。

「ええ。こういうところに住むと、一日の半分は寝ちゃいそうですよ」

雨傘屋もうなずいて言った。

小名木川も大横川も、人がつくった運河で、ある程度の深さがあり、流れは穏やかである。せせらぎはあまり聞こえず、荷舟の櫂(かい)の音が聞こえるくらいである。

料亭とは反対側の大横川の岸も、深川扇橋町(ふかがわおうぎばしちょう)、深川石島町(ふかがわいしじまちょう)と、町人地がつづくが、空き地も多く、すかすかした町並みになっている。その向こうは、広大な新田である。

まさに江戸の外れ、密集した江戸の町は、ここで途切れるのである。

「でも、あたしはあんまりのんびりし過ぎるのは駄目だね」

「そうですか」

「適当にせかせかしてないと、かえって身体がなまっちまうよ」

「あっしは、親分くらいの歳になったら、こういうところで、のんびり暮らしたいですけどね」

「あたしくらいの歳？」

「あ、いや、そういう意味ではなくて」

「ふん」

しめは、それ以上、突っ込むことはせず、ここから福福田の建物を眺め、

「あんな黒板塀で囲まれ、周囲の家も人の出入りは多そうだし、裏手は大名屋敷の森だろう。盗みだとしたら、外から入ったんじゃないね」

と、言った。

「ということは、なかの者のしわざですか？」

「なかの者にも難しいだろうよ」

「じゃあ、どうやって？」

しめは、ぼんやりした顔になって、

「こういうとき、宮尾さまがいてくれると、女中たちからうまいこと、いい話を訊き出してくれるんだけどね」

「いくらなんでも、万年青泥棒の騒ぎに、宮尾さまを引っ張り出すわけにはいかないでしょう」

「まったくだ。それにしても、お奉行さまが気になさっているみたいだけど、小鳥の鳴き声があまりしないね」

「ほんとですね」

「もう、ちらほら梅の花が咲いてるよ。ウグイスが鳴いててもよさそうだけど」

しめはそう言って、周囲の木々を見た。梅の木は、このあたりにはいっぱい植わっている。だが、ウグイスの鳴き声など、まるで聞こえてこなかった。

三

この晩である。

土久呂凶四郎（どくろきょうしろう）と源次（げんじ）は、今宵も江戸市中の夜回りに出ている。

すでに深更（しんこう）。あたりは、耳鳴りが聞こえるくらい、静まり返っている。

「ふぁーい」

と、凶四郎は大きなあくびをした。

「眠いんですか？」

源次は意外そうに、凶四郎の顔をのぞき込む。

「ちっとな」

「もう、夜、眠れるかもしれませんね」

「どうだろうな」

いくらか寝つきがよくなったのは確かである。

妻となった川柳の師匠のよし乃が、八丁堀の役宅に引っ越して来た。

これまでは、奉行所裏の根岸家の長屋に仮住まいしていたのだが、そのときは夜回りを終え、ほぼ毎日、根岸といっしょに朝飯を食べ、それでも半刻（一時間）ほど起きていて、ようやく眠りについていた。

よし乃が来てからは、東の空がぼんやり明るくなるころに役宅にもどり、布団に入るやいなや、高いびきらしい。

その分、正午前には起きてしまう。

だからなのか、ずっと夜中にあくびなどしたことがなかったのに、このざまである。

「もう、夜回りはやめどきかもしれませんね」

と、源次は言った。

「そうはいかねえよ」

夜回りという職務は、江戸の治安に必要なのである。それは数の上でも明らかになっている。去年の、夜間の押し込みや辻斬りの件数が、凶四郎が夜回りを始めるようになる前の、半分以下に減っているのだという。

このことは評定所の会議でも注目され、三月前からは、北町奉行所でも夜回りの担当を置くようになったのである。

それくらいだから、凶四郎は夜回りをやめるわけにはいかない。

浅草界隈を回って、いまは蔵前の米蔵のあたりに来ている。

「そこじゃねえですか、カラス猫が出たというお屋敷は？」

源次が、大名屋敷の屋根の上を指差した。

根岸が力丸から伝え聞いた話は、源次も浅草黒船町の番屋の番太郎から聞いていて、凶四郎にも伝えてあった。

「ああ、ここか」

「ただ、この数日は出てないみたいですけどね」

「お奉行が鼻で笑っていたそうだよ」

凶四郎がそう言ったとき、表門の横手にある木戸が、ギギッと音を立てて開いた。

提灯の明かりが外にこぼれる。

「ん？」

こんな夜中に、誰か遊びにでも行くのだろうか。

凶四郎と源次は足を止め、ようすを窺った。

今宵はもう二十七日。月は細い三日月で、月明かりはほとんどない。だが、凶四郎と源次は、夜回りをつづけてきたおかげで、かなり夜目が利くようになっている。星明かりや遠い番屋の明かりだけでも歩くことができる。

それから表門も開いたが、なかなか人は出て来ない。

「なにしてるんだろうな？」

「妙ですね」

「あ、出てきたぜ」

最初に出た武士が、周囲を気にするように見回したあと、なかの者を手招きした。

すると、大きな桶を担いだ中間二人が現われた。

「おい、あれは早桶だろうよ」

「夜中に死人を出すのが、この藩のしきたりですか？」

「そんな話は聞いたことねえがな」

ところが、早桶は一つではない。つづけざまに、あと三つも出て来たではないか。

「おいおい、早桶が四つ。一度に四人も死んだのかい」

「驚きましたね」

四つの早桶を担いだ中間が八人。さらに前後を守るように武士三人が付き添い、こちらに歩いて来た。二人はすばやく用水桶の陰に身を潜めた。

早桶の行列は、凶四郎たちが来たほうへと消えて行く。それを見送って、表門の扉も閉められた。

「後をつけましょうか？」

と、源次が訊いた。

「支配違いだぜ。おいらたちが突っついてもしょうがねえだろう」

「ですよね」

藩邸の中で起きたことに町方の出る幕はない。

「だが、カラス猫と関わりがあるのかな」

「ああ、なるほど」

「いちおう、つけるだけ、つけるか」

凶四郎は、気乗りしないように言って、歩き出していた。

四

翌日――。
昼過ぎまでしめと雨傘屋は、根岸に頼まれた用事があって、福福田にやって来たのは、夕方近くになってからだった。

するとあるじの松右衛門がいきり立っていて、

「親分、万年青が見つかりましたよ」

と、鼻息も荒く、そう言った。

「どこにあったんだい？」

「向こうの猿江町に、やはり万年青を集めている隠居がいるんですが、その隠居のところに珍しい斑の入った万年青があったらしいんです。話を聞くと、まさにあたしの万年青なんです。隠居は、朝起きたら、斑ができていたとほざいているらしいんですが」

「自分の目で確かめたのかい？」

「それはまだです。いきなり行っても、見せるかどうか。なんせ、評判の悪い隠居でしてね」

「どう評判が悪いんだい？」

「柄が悪いんです。まあ、ろくなやつじゃないことは確かです」

「誰が見てきたんだい？」

「そっちの長屋に住んでいて、うちの雑用なども頼んでいる男なんですがね」

「なんて男だい？」

松右衛門は、後ろにいた若い板前らしき男に、

「おい、あの男の名はなんて言ったっけ？」

「植木職人ですが、ウグイスと呼ばれてるんですよ」

「ほんとの名は？」

松右衛門はさらに訊いた。

「知りません。あたしらも、ウグイスとしか呼ばないもので」

「名前くらい、訊いておけ」

と、松右衛門は、若い衆を叱ってから、

「とにかく、そっちの長屋です。ここらは、ほかに長屋はありませんから、行けばわかります」

「植木職人のウグイスだね」

と、長屋に向かった。

路地木戸をくぐると、七輪の火を熾（おこ）していた長屋の女房に、

「ここに、ウグイスと呼ばれる植木職人はいるかい？」

雨傘屋が声をかけた。

「ウーさんの家はそこだよ」

路地を入ってすぐの家を指差した。

「ごめんよ」

しめが声をかけた。

「なんです？」

腰高障子が開いた。

「あんたがウグイスかい？」

「ああ、まあね」

ひどく痩せて小柄な身体だが、熊のお面でもかぶったような髭面（ひげづら）である。しかも、うがいでもしているみたいな、ガラガラ声で話す。

どう見ても、ウグイスの綽名は似合わない。

「なんで、ウグイスなんだい？」

「さあ」

「自分でもおかしいと思わねえのかい？」

「綽名なんざ、自分でつけるわけじゃねえんでね」

「そりゃそうか」

大方、似合わないウグイス色の着物でも着ていたことでもあったのだろう。

「万年青の話だけどね」

と、しめは十手を見せ、

「ほんとに松右衛門さんの万年青なのかい？」

「たぶん、そうですよ。珍しい斑が入っていて、しかも、その隠居は朝、起きたら斑が入っていたとか言ってるんです。そんなことってあります？」

「あるかもしれないだろうが。とりあえず、その隠居の家を教えておくれ」

しめと雨傘屋は、ウグイスといっしょに猿江町の隠居の家の前にやって来た。

隠居家は、通りに面したこぶりの家で、園芸はもともとの道楽だったらしく、玄関回りから、右手の庭のところまで、万年青だけでなく、ずらりと鉢が並んでいる。

ちょうど客らしき男が二人来ていて、隠居と話をしているところだった。どうやら、自慢をしているらしい。

「ほら、あいつです。昨日も、そこの玄関口で、何人かに見せて自慢していたんです。それで、あっしものぞき込み、斑の感じとかを福田の旦那に伝えたんです」

「あの男か」

なるほど、隠居にしては柄も人相も悪い。とても堅気(かたぎ)の商売をしたあと、隠居したとは思えない。せいぜい金貸し、あるいは盗品専門の武具屋あたりか。

「前はなにをしていたんだ？」

「さあ」

とりあえずしめはウグイスを帰し、雨傘屋といっしょに猿江町の番屋に行き、あの隠居のことを訊いた。

「ああ、勝三郎さんですね。浅草で商売をなさっていて、こちらで隠居したというこ とですが、詳しいことはわからねえんですよ」

「確か、ここらは丸蔵さんの縄張りだったな」

丸蔵は岡っ引きで、娘婿の辰五郎とも親しかった。

「はい。すぐそこの、女髪結いの家が、丸蔵さんの家です」

丸蔵の家を訪ねた。ちょうど家にいて、

「おや、しめさん」

「丸蔵さんの縄張りを荒らすつもりはないんだけど、ちょっと訊きたいことができちまって」

「遠慮なく訊いてくれ」

丸蔵は、おおらかな男である。

「そっちの勝三郎という隠居のことでね、以前、浅草で商売してたと聞いたんだけど、どういうやつなんだい？」

「ああ、勝三郎かい。浅草で商売？　まあ、商売もやってました。奥山で品のない矢場と飲み屋をね。でも、それは表の顔。そのじつは、やくざです」

「やっぱり」

「いまでは、万年青や朝顔に凝って、おとなしくしてますが、奥山の勝三郎といえば、暴れ者で知られたやつですよ。カッとなると、始末に負えなかったみたいです」

「でも、いまはきれいに足を洗ったんだろ？」

「それでも、たまに若い衆が出入りしてますよ」

「そうなのかい」

「勝三郎がなにかしましたかい？」

「うん。ちょっとね」

いちおう、あまり騒ぎにならないよう解決するという約束である。

丸蔵には、そのうち手伝ってもらうことができるかもしれないと言って外に出た。

「なんだか、やっかいなことになりそうだよ」

しめは雨傘屋に言った。

「こじれると、面倒ですね」

「まずは、ほんとに勝三郎の万年青が、福福田のものかを確かめないとね」

とりあえず、福福田にもどった。

あるじの松右衛門が来て、

「親分、どうでした？　やっぱり、あたしの万年青でしょう？」

と、訊いた。

しめは、それには答えず、

「いいかい。ここから先は、あたしらにまかせてもらうよ」

「親分に？」

「下手にこじらせると怪我人が出ることになる。いいね」

きつく言い聞かせたつもりだった。

五

翌朝——。

家から出がけに、

「やっぱり、根岸さまにご登場いただくしかないね」

と、しめは雨傘屋に言った。

「あっしもそう思います。あのあるじとやくざの隠居じゃ、盗んだ、盗まねえの話が解決するわけがないですよ。根岸さまならきっと、三方一両損みたいに、うまく解決してくださるでしょう」

ところが、南町奉行所に向かう途中で、後ろから駆けて来るどこかの町役人らしき男と出会った。

「どうしたんだい？」

しめは十手を見せて訊いた。

「小名木川の向こうの料亭で、やくざの出入りがあったみたいなんです。すでに同心さまは来ていますが、応援を頼んだほうがいいみたいで」

「まさか、料亭の名前は福福田？」

「あ、そうです」

「なんてこった！」

しめと雨傘屋は、その足で深川に向かった。

福福田はとんでもないことになっていた。玄関が叩き壊され、あちこちで怪我人が手当を受けている。

「これはひどい」

まさに討ち入りの後である。

「栗平は無事かい？」

しめが大声を上げると、

「清香親分、大丈夫です」

と、奥から栗平が出て来たが、頭にさらしを巻いている。そのさらしに血が滲んでいて、殴られたか、斬られたかしたらしい。

「怪我してるじゃないか」

「たいしたことはないんです。それより、旦那が殺されました」

「なんだって」

二階に上がると、床の間のところに松右衛門が倒れていた。明らかに息をしていない。腹を刺されているが、凶器は見当たらなかった。

床の間に、万年青はない。ここで取り合いでもしたのだろうか？

「勝三郎は？」

しめが栗平に訊いた。

「若い者二人と、家にこもってまして、いま、捕り方が囲んでいるそうです」

しめと雨傘屋は、そっちに駆けつけた。

二十人ほどが、勝三郎の隠居家を囲んでいる。そのなかに、夜回りの土久呂凶四郎と源次がいた。

「おう、しめさん」

凶四郎が手を上げた。

「いつ、こちらに？」

「朝方、銀座の通りに来たところで、報せ（しら）に走って来た猿江町の番太郎に聞いたんだよ」

「そうでしたか」

「なんか、万年青を盗んだ、盗まねえという話がこじれたみたいだな」

「こじれないように言い聞かせていたんですが」

「そうなのかい。どうも、いったん料亭のあるじのほうが、押しかけて取り返したみたいだぜ。すると、勝三郎がかつての子分五人とともに、料亭に討ち入ったんだと」

「そうだったんですか」

「向こうで、あるじが死んでただろ？」

「ええ」

「こっちも若い者が一人、死んだみたいだ」

「そうですか。で、どうするんです？」

しめは、土久呂に訊いた。与力が一人、奉行所から到着していたが、ここの指揮は凶四郎がやっているようなものだろう。

「もう少し待って、出て来ないようなら踏み込むが、どうやら興奮も収まって、出てきそうだよ」

「そうですか。じゃあ、あたしらはいなくても大丈夫ですね」

「ああ」

「だったら福福田のほうを詳しく検分しておきます」

と、しめと雨傘屋は料亭にもどった。

栗平は、だいぶ落ち着いたらしく、立ったままだが、女中が淹れてくれた茶をすすっていた。

「すみません、親分」

「なんだって、こんなことになったのかね？」

「ずいぶん止めたのですが、旦那が喧嘩に自信がある若い板前を連れて、万年青を奪いに行ったんです。向こうは、勝三郎がちょうど一人だったもので、押し倒して、奪い取ってきたみたいです」

「馬鹿だねえ」

「ええ。それから一刻ほどしたら、勝三郎が若い者を五人ほど引き連れて、乗り込んで来たのです」

「警戒はしてなかったのかい？」

「していたはずなんですが、裏の木戸が開いてたみたいで」

「開いてた？」

「女中は閉めたと言っているんですが」

料亭のなかをゆっくり見てまわった。

至るところで血が流れている。

勝三郎たちが火をつけたところもあり、幸い小火で済んだらしいが、帳場周辺は、焼けただれている。

こちらは、死んだのはあるじだけだが、栗平たち板前と女中を合わせると、六人が怪我をしたという。

「これじゃあ、もう料亭としてやっていけないね」

と、しめは呆れて言った。

そこへ、奉行所の中間が報せてきた。

「勝三郎が出て来て、土久呂さまがお縄にしました!」

六

凶四郎と源次は、勝三郎を茅場町(かやばちょう)の大番屋(おおばんや)に連行したところで、帰ってもらった。

しめと雨傘屋は、この件の報告のため、南町奉行所に向かう。

ところが、一部始終を根岸が聞くと、

「どうも妙だな」

と、言った。

「なにがです?」

しめが訊いた。

「ここまでのなりゆきは、おかしなことだらけだろうが」

「そうですか？」

「万年青はやはり盗まれたのか？」

「そうみたいです」

勝三郎が持っていた万年青は、鉢は違っていたが、福福田の板前や女中たちに訊いても、やはり松右衛門が自慢していたものらしい。

「とすると、やはり誰かが侵入したのだろう？」

「でも、建物のようすからは、できそうにないんですよね」

「内部に誰かいるか？　この件で、なにか得をするようなやつは？」

「まだ、わかりませんけど」

「それに、福福田では、戸締りは厳重にしていたのだろう？」

「はい」

「ところが、裏木戸がなかから開けられていて、勝三郎たちはそこから雪崩れ込んだわけだ」

「やっぱり、内部の者ですか？」

「でなければ、誰かが外から出たり入ったりしてるのさ」

「でも、お奉行さま。万年青が置いてあった部屋に侵入するのは、家の造りからして難しいと思いますよ」

「雨傘屋、見取り図のようなものは描けるか？」

「やってみます」

と、雨傘屋が窓から見た景色などを思い出しながら、見取り図を描き始めたが、それを見ながら、

「鳥でもなければ、入れませんよ。でも、小鳥はおろか、カラスも見当たりませんでしたし。そういえば、変なウグイスはいましたが」

と、しめは言った。

「変なウグイス？」

「ウグイスと呼ばれる男なんです。どう見ても、ウグイスなんて綽名をつけられそうには見えません」

「なにをしてる？」

「出入りの植木職人ですが」

「福福田に出入りしているのだな？」

「はい」

「身体つきは？」

「痩せていて、背丈などは、あたしより小さいくらいです。ただ、恐ろしい髭面で、ウグイスなんて見たこともないというような面ですよ」

「勝三郎が、松右衛門のものらしい万年青を持っていると伝えたのも、その男だったのだな？」

「そうです」

「けしかけたのではないのか？」

「けしかけた？」

「万年青を盗み、万年青に夢中の、元やくざの隠居の家に置き、そのことを料亭のあるじに伝えた。当然、盗んだ、盗まぬの喧嘩になるわな」

「なんのために、そんなことを？」

「料亭のあるじに恨みでもあったのかな」

「ははあ」

そこで、雨傘屋がざっと描いた見取り図を根岸に見せた。

根岸はそれを見て、

「なあ、しめさん。そのウグイスとやらは、なにか長い棒のようなものを持ってないか、確かめてみてくれ」

「長い棒ですか？」

「いいかい、長い棒を使うと、こっちからこっちに」

と、根岸は箸を一本持ち、先端を見取り図の川沿いの道のあたりにつけ、これを

傾けてから、

「こうするとだぞ」

福福田のほうに傾け、

「こっちからこっちに渡ることができるではないか」

「ははあ」

「そやつは、そういうことが得意なのかもしれぬ。ウグイスの谷渡りのようなことがな」

「あ、谷渡りですか」

「だから、ウグイスと呼ばれているのかもしれぬ」

「なるほど。わかりました、すぐに調べます」

しめと雨傘屋は、急いで深川に向かった。

七

ウグイスのいる長屋に来ると、

「親分、これ」

と、雨傘屋は指を差した。ウグイスの家のわきに、長い竹竿が立てかけてあった。

「まったく、根岸さまはお見通しだね」

だが、家にウグイスはいない。井戸端にいた長屋の女房に訊いた。

「ウグイスはどこだい？」

「ああ。福福田の木の手入れをしてましたけどね」

「木の手入れ？」

いまさら手入れなんかしてなんになるのだろうと首をかしげると、女房はこっちの気持ちを察したらしく、

「売りに出すのに、ちっと手入れをするらしいですよ」

「なるほどね」

福福田に行くと、玄関わきの椿の巨木の上にいた。赤い花が咲き誇っている。寒椿はふつう、あまり大きくはならないが、これはかなりの巨木で、珍しい品種なのかもしれない。

葉もよく繁っていて、かさこそと人がいるような音は聞こえているが、姿はよく見えない。

「おい、ウグイス、いるのかい？」

しめは下から呼んだ。

「ホー、ホケキョ」

「え？」

しめは雨傘屋を見た。

「口笛でしょ」

「そうか。ウグイス。ふざけてるんじゃないよ」

「へえ、なんです？」

今度は、ガラガラ声が降ってきた。なんだか、汚物でも投げつけられたみたいな声である。

「あんたに訊きたいことがあるんだ。下りてきな」

「いま、仕事中でしてね。親分が登ってきてくれませんか？」

「しらばくれたこと言ってんじゃないよ。さっさと下りてきな。あんたの家のところで待ってるからね」

まもなく、やって来た。面倒臭いというように、ふてた顔をしている。

しめは、家のわきの竹竿を指差し、

「これは、あんたのものだね？」

「ええ」

「ずいぶん長いね？」

「竹竿を途中でつないでますのでね」

「なんに使うんだい？」

「あっしは植木職人でしてね。高い木の枝を掃うとき、この先に刃物やノコギリをつけて掃ったりするんです。あ、柿の実を採るときなどにも使いますよ」

「ふうん」

と、持ち上げてみる。

軽くて丈夫そうである。

「これって、人が乗っかることもできるんじゃないのかい？」

「乗っかる？」

「こう、こっちの屋根から、この棒の先を地面につけて、ひょいとこっちの屋根に飛び移ったりするわけさ」

「ああ。やれと言われりゃやれると思います」

「福福田でも、そんなことしたんじゃねえのかい？」

「なにをおっしゃってるんで？」

「いいから、来な」

しめはその竹竿を持ったまま、雨傘屋と両脇を挟むようにして、福福田の前に来ると、

「お前、あそこの二階の窓のところに、これを使って、取りついたんじゃないのか？」

「あの窓に？」

「そうだよ。それで、床の間にあった万年青を盗んだんだろうが。一階で宴会をしていた隙にな」

「あの窓にですか？」

ウグイスは、呆れたような顔をした。

「神妙に白状しな」

「ご冗談を。どこから、どうやって、あそこに行くんですか？」

「え？」

「取りつくにも、その前に上るようなところがありませんよ」

と、ウグイスは、ぐるりと周囲を見回すようにした。

「あら？」

しめもいっしょに見回してみて、

「おい、雨傘屋」

と、説明しろというように促した。

「確かに、最初の足場がないと、あの窓に取りつくのは無理ですね。あ、でも、あそこに火の見櫓（ひのみやぐら）が」

雨傘屋は、大横川の対岸にある火の見櫓を指差した。

「馬鹿だね。あそこから、こっちの福福田の窓まで、どれくらいの幅があるんだい。

届くわけがないだろうよ」

「ほんとですね」

二人が不思議そうにしていると、

「親分さんたち、なに、馬鹿なこと言ってるんですか。あっしは忙しいんですよ。では、勘弁してもらいますぜ」

ウグイスは、しめから竹竿を取り上げ、長屋のほうにもどって行った。

「どうする、雨傘屋？」

「あの見取り図だと、川幅とかはわかりませんから、根岸さまも考え違いをされたのかも。いちおう根岸さまに相談したほうがいいですよ」

「そうだね」

ということで、二人は南町奉行所にもどった。

ところが根岸は、二人の話を聞いても、

「いや。そやつのしわざだ。急いで、ひっ捕らえるのだ！」

と断言した。

「わかりました」

慌ててしめと雨傘屋が飛び出して行こうとすると、

「待て。そやつ、相当に身が軽いぞ。椀田と宮尾も連れてゆくがよい」

そういうわけで、四人は舟を出してもらい、急いでウグイスの捕縛(ほばく)に向かった。

八

小名木川から扇橋のたもとで舟を降りると、

「そこが料亭の福福田です」

しめが指差した。

「ああ、けっこう流行っていたみたいだな」

と、椀田は言った。いまは、根岸専属のようになっているが、もともとは本所深川回りの同心である。このあたりのこともよく知っている。

「でも、あれだけ血が流れて、死人も出たので、もう料亭には使えないでしょう」

「だろうな」

「ウグイスの住まいはそっちです」

長屋にやって来た。

「もしかしたら、逃げてしまったかも」

しめは不安を口にしながら、そっと近づき、家のなかの物音を確かめた。

「いるか？」

「いるみたいです」

確かに、腰高障子にうっすらと人影が映っている。

「椀田さまたちが突入しますか？」

しめは小声で訊いた。

「いや、おいらと宮尾は援護に回るよ」

「じゃあ、あたしと雨傘屋で」

しめは細身の十手を構え、雨傘屋は先端に、半円の金具や、ぎざぎざの金具などがついた、妙な棒を摑んだ。雨傘屋が考案した捕物道具で、当人曰く、相手のどんな動きにも、これ一本で対抗できるらしい。

「行くよ、雨傘屋」

「がってんです」

しめは十手を構え、

「南町奉行所だ。神妙におし！」

と、飛び込んだが、ウグイスは咄嗟に、火鉢の灰をぶちまけた。

「うわっ。あっちっち」

灰には熾っていた炭も混ざっていたらしく、しめは慌てて、着物についた灰を叩いた。

「逃がすもんか」

雨傘屋の突き出した妙な棒も、ウグイスはひらりと飛んでかわし、外に飛び出して来た。だが、長屋の路地には椀田と宮尾が待ち構えている。

ウグイスは、長屋のわきに立てかけてあったあの長い竿を摑むと、これを抱え、長屋の奥のほうに駆け出したではないか。しかも、その先を地面につけると、大きくしなった竹竿といっしょに、ウグイスは宙を飛んだ。

「椀田！」

「まかせろ」

椀田は凄い勢いで後を追い、その棒に突進した。

棒はその勢いで、横にはじけ飛ぶ。そのため、もうじき向こうの屋根に届きそうだったウグイスもはじき飛ばされたように、宙をくるくるっと回って、地面に叩きつけられた。それでも、身が軽いせいか、たちまち起き直ると、路地のほうへ逃げようとした。だが、そのとき、宮尾は懐に入れておいたつぶてを取り出し、これを勢いよく放った。つぶてはあやまたず、ウグイスの首の後ろ、それから膝の裏に命中した。

「痛っ」

ウグイスは、地面を転がった。

そのウグイスを、椀田がまるで逃げたニワトリでも扱うように、手づかみにした。

九

さらに翌日――。

「報告が遅くなったのですが」

と、凶四郎は根岸に言った。

いまは、朝飯を八丁堀の役宅で食うようになっているので、根岸の朝食の場には同席しないのだ。しかも、奉行所に来るのは遅く、忙しい根岸とすれ違うことが多い。

凶四郎も、急を要すること以外は、朝いちばんに報告することはなくなった。いまは、夕方、夜回りを始める前に一度、奉行所に立ち寄ったとき、ちょうど根岸と出くわしたのである。

「なにか変わったことはあるか？」

と、訊かれ、

「そういえば先一昨日の晩なのですが、カラス猫が出たというあたりを見回っていましたところ……」

と、大名屋敷の表門から出た四つの早桶について語った。

「ほう」

根岸の大きな耳がぴくぴくと動いた。興味を持ったのである。

「そこはどこの屋敷だ？」

「信濃上田藩、松平伊賀守さまの上屋敷とのことでした」

「ふうむ」

「カラス猫のこともありましたので、いちおう後をつけてみました。そう遠くには行きません。阿部川町を過ぎたところの、金満寺という寺に入りました。向こうもあらかじめ運ばれてくるのはわかっていたらしく、早桶を迎え入れると、すぐに門を閉めてしまったので、なかのようすまでは窺うことはできませんでした」

「なるほど」

「なにせ、大名家と寺のことですので、町方が関わる必要はないとは思いましたが、いちおう念のために」

「それはよくやった。じつはな、わしも三日前の夜、カラスの騒動に巻き込まれてな」

「カラスの騒動ですか？」

根岸は、船宿ちくりんで飲んでいたときのことを語った。

「それで、力丸と馬蔵が、障子に映ったカラスの影をじいっと見ていたわけさ。すると、いきなり障子紙を破ってな、カラスが顔を出したのだよ」

「それは力丸さんも驚いたでしょう」

「驚いたの、なんのって。しかも、そのカラスのくちばしが血まみれだったというので、力丸などは悲鳴を上げ、腰を抜かしそうに仰天してな」

「それはそうでしょう」

「下からは、宮尾と椀田が駆け上がって来て、それはもう大騒ぎさ」

「本当に血まみれだったので？」

「そのカラスは騒ぎに驚き、すぐに飛び立って行ってしまったが、なあに、どうせネズミでも捕まえて食ったので、その血がついていたくらいの話だよ」

「なるほど。そうでしたか」

「まあ、上田藩邸のことは、わしが大目付にでも、さりげなく話を聞いておくよ」

「わかりました」

「それより、土久呂、夜回りがつらくなってきたのではないか？　なんなら、もう一人増やして、交代するようにしてもいいのだぞ」

根岸は気づかってくれたのである。

「大丈夫です。少しだけ寝るのが早くなりましたが、夜回りに支障はありません」

「そうか。もちろん、土久呂が夜回りをしてくれていると、江戸じゅうの町人たちは大いに安心できるのだがな」

凶四郎が嬉しさを隠してうなずき、その夜回りのために出て行ったとき、今度は椀田豪蔵が、根岸のところにやって来た。

十

「お奉行」

と、椀田はうんざりした顔である。

「どうした？」

「あのウグイスの野郎、子どもみたいな身体のわりに、しぶといですよ。ずいぶん、脅したり、やさしくしたりしたのですが、いっこうに口を開こうとはしません。なんだか、自分の殻に閉じこもってしまったみたいです」

ウグイスと呼ばれる男は、小伝馬町（こでんまちよう）の牢には送らず、南町奉行所のなかの牢に入れてある。牢のつくりはこちらのほうがきれいだし、飯も根岸家の女中がつくるものなので、小伝馬町よりはるかにうまいはずである。

ただ、こちらに入れると、たいがい一人だけになる。罪人仲間と話もできず、一人で檻（おり）のなかに座っているというのは、おそらくつらいものがあるはずである。

じっさい根岸は、小伝馬町に入れた下手人より、こっちに入れた下手人のほうが、あらいざらいしゃべってくれている気がする。

「まだ茅場町(かやばちょう)の大番屋(おおばんや)に入れたままの勝三郎のほうは、宮尾が訊問しているのですが、福福田のあるじを刺したのは間違いだったと言っているらしいんです」

「ふうむ。まあ、勝三郎も殺すまでのつもりはなかったかもな」

「どういうことです」

「ウグイスに操られたのではないかな」

椀田は呆れたような顔をして、

「というと、すべてウグイスのしわざなのですか？　まずは、福福田から万年青を盗んで、勝三郎のところに置き、勝三郎が喜んで自慢すると、今度はそれを福福田のあるじに伝えたのもウグイスなんですよね？」

「そう。それで、福福田のあるじに、いまは勝三郎のところには誰もいないなどとけしかけたのだろう」

「万年青を持ち去られた勝三郎は怒り狂って、今度は逆に福福田に乗り込み、ついにはあるじを刺してしまったと？」

「そういうことになるな」

「なんてこった」

椀田は頭を抱え、

「お奉行、あれは聞こえてますか？」

牢のほうを指差した。

「ああ、聞こえてるよ」

「ほら、いまも」

根岸も思わず、耳を澄ました。

「ホーホケキョ」

という口笛が聞こえた。

「まったく、ふざけた野郎ですよ。ウグイスになりきったつもりなんですかね」

「なあに、おいおい、しゃべらざるを得なくなるさ」

「そうですか。ちっとだけなら痛めつけてやってもよろしいのでは？」

椀田はそう言って、指をぽきぽき鳴らした。

「いいよ、いいよ。手荒なことはやめておけ」

根岸は拷問を好まない。痛みから逃れようと、人はしばしば嘘を言ってしまう。

「ですが、おいらも手を焼きそうで」

「椀田、焦ることはない。あやつ、一人ではないのさ。仲間がいるのさ」

と、根岸は言った。

「そうなので？」

「あいつの盗みの手口も想像がつくよ。しめさんたちは、棒を使っても、福福田の二階の窓には取りつくことはできないと言っていたが、一本の棒で、ここからここへは渡れなくても、あいだに誰かがいて、棒を持って、立てておけばよいではないか」

「あ」

「いったん、それに取りつき、もう一度、棒の先を渡れるところに突けばいい。谷渡りどころか、八艘跳び(はっそうと)みたいなことをしたのだろう」

「なんと」

「それを手伝った仲間がいる」

「そやつらをかばっているのですね」

「おそらくな。まあ、いいさ」

と、言って、根岸は首を曲げ、軒の向こうの空を見た。今日もいい天気なのである。それなのに、今年はまだ、本物のウグイスが来ていない。

第二章　ニワトリの祟り

一

しめと雨傘屋は、神田白壁町の家を出るのが遅くなった。

昨夜は、娘婿で岡っ引きの辰五郎から見張りの手伝いを頼まれ、もどったのは明け方近かった。それから寝たので、起きたのが五つ半（午前九時）を過ぎていた。

しめの家は、もともと筆屋をしていたが、いまはせがれに任せきりにしている。しめは、その隣の家を借り、もともとしめがいた筆屋の裏手の四畳半に、子分となった雨傘屋を住まわせている。

急いで支度をし、飯は適当に屋台で買い食いでもするつもりで家を出ると、

「そういえば、あのウグイスと呼ばれる男なんだけどね」

と、しめは歩きながら言った。

「どうかしたので？」

「いや、椀田さまが言うには、いろんなことをしらばくれて答えないけど、カゴのなかで死んでいた鳥のことだけは知らないって、はっきり言ったらしいよ」

「そうなんですか」

「おれはウグイスと呼ばれるくらいだから、小鳥なんか殺すわけがないってさ」

「では、誰がやったんでしょうね。なにかしないと、三羽いっぺんには、死なないですよね」

「だよな。でも、カゴの鳥が死んだり、小鳥がいなくなったり、猫みたいなカラスが出たり、鳥の世界でなにか起きてるのかね」

「あっしらも、ちょっと気にしたほうがいいですね」

　雨傘屋がそう言ったとき、ふと、しめの足が止まった。

「そういえば、ニワトリも鳥だよね？」

「そりゃあ、鳥でしょう」

「ちょっと心配だねえ」

「ニワトリがですか？」

「あたしの幼なじみが、小石川（こいしかわ）の伝通院（でんづういん）の裏手で、ニワトリをいっぱい飼って、卵をとってるんだよ。この前、道でばったり会って、しめちゃん、卵あげるから、遊びに来てって言われたばかりなんだ」

「卵をですか」

　精がつくことでも知られる卵は、江戸では一個二十文ほどするので、そうそうは食べられない。

「うん。そこは兄弟姉妹五人ほどでやってるんだけど、みんな苦労した人ばっかりでね、ニワトリがどうにかなったら大変だろうなと思ってさ」

「小石川なら、ここからそう遠くはないですよ。心配なら見に行ってみましょうか？　今日はどうせ、根岸さまはお城の会議で、朝飯をさっさと済ませて出かけちゃったはずですから」

　どっちにせよ、根岸の朝飯には間に合わなかったのだ。

「そうだね。たまには顔を出してみようかね」

　と、踵を返し、昌平橋を渡って、昌平坂を越え、水戸藩邸の塀を見ながら裏手に回り、お閻魔さまで知られる源覚寺の前を通って、伝通院の裏へとやって来た。

　雨傘屋はあたりを見回し、

「なんか、ここらは急に静かで田舎みたいになりますね」

　と、言った。

「そうなんだよ。だから、文句も言われず、ニワトリを飼うことができるらしいよ。

ニワトリなんか町なかで飼ったら、朝早くから鳴き出すから、やかましいと怒られるし」

「でしょうね」

「あ、あそこだよ」

と、しめが蔵造りの建物を指差すと、

「あれ？」

雨傘屋が首をかしげた。

「どうしたい？」

「なんだか前で騒いでいるみたいですよ」

何人かが大きな声を出しながら、扉を叩いている。

「ほんとだ。どうしたんだろう？」

しめは急いで駆け寄った。

「おいねちゃん」

「ああ。しめちゃん。え？　駆けつけて来てくれたの？」

「そうじゃないよ。ここんとこ江戸で、鳥のことでいろいろ妙なことが起きてるもんで、おいねちゃんとこのニワトリは大丈夫かなと思って来てみたんだよ。なにか、あったのかい？」

「うん。この蔵のなかに、あたしらの兄がいるんだけど、なかから閂を下ろして出て来ないんだよ」

「いつから？」

「昨日、ここでいつものように寝たはずなんだけど」

「じゃあ、まだ、寝てるんだろ」

「こんなに日が高いのに？　兄は怠け者だけど、朝は早いんだよ」

「あら、そうなの」

もし、急な病で倒れていたりするとまずい。

「こっちはうちの兄弟たち。皆、顔は知ってるよね？」

おいねは、思い出したように言った。

「うん、見覚えのある人ばっかりだね。どうも」

しめが挨拶すると、男二人と女一人が、しめに頭を下げた。女のほうは、おいねの妹で、たしかおふゆといった。男二人の名前は忘れてしまった。

「それより、どうにかして開けたほうがいいね」

と、しめはおいねに言った。

「でも、蔵だから、頑丈なのよ。しかも閂もあるし」

「そうなの」

しめは眉をひそめ、

「雨傘屋。なにかいい考えはないかい？」

と、訊いた。

「裏手に窓はあるかい？」

雨傘屋は、男兄弟たちに訊いた。

「ありますが、高窓で、しかも格子が嵌まってるので、入ることはできませんよ」

「とりあえず、梯子をかけてのぞいてみよう」

雨傘屋は梯子を持って来てもらい、窓のところにかけて登っていく。

なかをのぞくとすぐに、

「まずいな」

「どうした？」

しめが下から訊いた。

「仰向けに倒れています。あれは、寝てるんじゃないですね。よくて気を失っているか、下手すりゃ死んでますよ」

「なんだって」

「閂はもう少しで外れそうだ。ちょっと物干し竿を持って来てくれ」

雨傘屋は、男兄弟が持ってきた物干し竿の先に、十手替わりに持ち歩いている手製の金棒みたいな武器をくくりつけ、これをゆっくり差し入れた。

「どうだい？」

「外れそうですよ」

しめたちは、また表の戸のほうに回った。

カタッと音がして、閂は外れたらしい。しめがゆっくり観音扉になっている鎧戸を引くと、蔵の真ん中で男が倒れているのが見えた。

「権太郎兄さん！」

おいねが駆け寄った。

「嘘でしょ」

おふゆは立ち尽くしている。

顔色を見ただけでわかる。権太郎は、明らかに死んでいる。

裏からもどって来た雨傘屋が、権太郎の頭のあたりを指で触れ、

「殴られて死んだみたいですね」

と、言った。

「殴られた？　誰に？」

しめはそう言って、蔵のなかを見回した。荷物などほとんどなく、隠れるところもない。板の上に敷きっぱなしになっている布団のなかにも誰もいない。中二階は

あるが、そこにもいない。

「どういうことだい？」

　しめが震える声で言った。

二

　とりあえず、末の弟の駒三（こまぞう）に、近くの小石川御掃除町（おそうじまち）の番屋から、南町奉行所に報（しら）せてもらうよう頼むと、しめと雨傘屋はもう一度、この蔵をつぶさに検分した。

「おいねちゃんたちが来る前は、ここはなんだったんだい？」

「よくわからないんだよ。もう、三十年近く、空き家だったみたいで」

「そんなに」

　商家の蔵だったことは間違いない。ずいぶん薄汚れてはいるが、造り自体はしっかりしていて、かなり立派な蔵だったに違いない。天窓は二つあるが、どちらも鉄格子が嵌まっている。床も確かめたが、床下にはなにもない。

「そっちに店があったみたいだけど、ここらが火事で焼けてからは、この蔵だけがぽつんと残っていてね」

「ああ、そう」

「裏手のほうは畑なんだけど、ここらは小石川って名前のとおり、小石が多くて、あんまり畑にも向かないみたいでね」

「そうかもね」

南側は坂になっていて、上のほうは伝通院の広大な敷地だが、墓ではなく森のようになっているため、ここらはほとんど陽が当たらないのだ。

「何度か、商家が買い取ったりしたみたいけど、なんせ奥まっているうえに、周りがお寺さんだろ。どう見たって、商売にはむかないよね」

「それで、安く借りられるというんで、ここでニワトリを育てることにしたんだよ」

「それはいいこと、考えたね」

「しかも、奥行きがあるから広いんだよ」

「ほんとだねえ」

しめは、おいねに案内されるように、ニワトリを放し飼いにしているほうに進んだ。

「これで四百坪くらいはあるんだよ」

「そりゃたいしたもんだ」

「空き地にしてたんだから、勿体(もったい)なかったよね」

「うん」

だが、しめの住む内神田だって、子どものころはもうちょっと空き地だの畑地だのが残っていたのである。それが、いつの間にか、あんなふうにびっしりと家が建ち並ぶ町になってしまった。

ニワトリは、のびのびと周囲を歩き回り、草などをついばんでいる。

奥のほうに、新しく建てたニワトリ小屋と、人の住まいらしき建物があった。

「あそこは？」

「旗二(はたじ)と駒三が住んでいるんだよ。ほんとは、二人とも蔵のほうで寝起きしてたんだけどね。来たときは、クモの巣が張り放題で、ずいぶん掃除もしたんだよ。そしたら、ふた月ほど前に、あの長兄の権太郎が転がり込んで来て、あっちに追いやられたんだよ」

「おいねちゃんたちは？」

「あたしとおふゆは、そっちの長屋で暮らしてるよ。どっちも男に縁がなくて、二人とも出戻りになっちまったのさ」

「でも、亭主だっていればいいってこともないからね。ほら、あの菓子家のおすみちゃんと、孝蔵長屋(こうぞうながや)にいたおかよちゃん、あの二人だって……」

二人はひとしきり、幼なじみの噂話に夢中になった。

と、そこへ、

「ねえちゃん。同心さまがいらしたよ！」

おふゆが呼んだ。

椀田豪蔵が来ていた。

「椀田さま？」

「うむ。生憎と皆、出払っていてな。おいらにお鉢が回ってきたのさ」

「宮尾さまは？」

「宮尾は来ないよ。あいつは、根岸さまの家来で、同心の経験なんかないもの、殺しの現場の見極めなど、できるわけないだろうが」

「ああ、宮尾さまはそうですよね」

いつも椀田と宮尾はいっしょにいるので、つい奉行所の人みたいに思いがちだが、宮尾は根岸家の家来なのだ。

椀田はそのままにしておいた権太郎の遺体を、つぶさに見ていったが、

「ふうむ」

と、腕組みをした。

「どうです、椀田さま？」

雨傘屋が訊いた。殺されたと言い出したのは自分なので、気になるらしい。

「この男は、ここで一人で寝てたのかい？」

と、振り返って訊いた。

「そうなんです。もともと、この土地を買ったときについていて、弟たちが使っていたんですが、兄が帰ってきて、ここはおれの住まいにするって。なんせ、横暴な兄でしたから」

と、おいねは言わずもがなのことまで言った。

「厠は？」

椀田はさらに訊いた。

「厠は外です。でも、夜中に行くことはないって言ってました」

椀田は、蔵のなかをぐるりと見回し、

「これは、角材のようなもので殴られたというのも考えられるが、柱かどこかに強く激突したのかもしれねえぞ」

「そうですか。だいたい、変な死に方だったんですよ」

と、しめはここの閂がかかっていたことを伝えた。

「閂がかかってただと？　だったら、殴られるわけがねえだろうよ」

「ですよね」

「であれば、激突したのだろうが、ここで激突なんかするかね。夜中に寝惚けて、あの中二階に上がり、思いっ切り足を踏み外して、そこらにぶつかったのか？　それにしちゃあ、何回かぶつけたような跡があるんだよな。しかも、歩いてて、ちょっとぶつけたというくらいじゃ、こんな跡はつかねえぞ」

「そうみたいですね」

「ほんとに蔵のなかには、こいつしかいなかったのか？」

「それは間違いないです」

と、しめは言った。

すると、そこへ、

「やっぱり、なにかあったんですか？」

と、外から声をかけてきた男がいた。野菜を入れた大きなカゴを背負っている。

「なんだい、あんた？」

と、しめが訊いた。

「いえね。あっしは向こうの八百屋なんですが、仕入れのために半刻ほど前、そこを通りかかったんですが」

と、横のほうにある坂道を示し、

「蔵のなかから、悲鳴みたいな声がしてたんですよ」

「なんだと？」

椀田が男のほうを見た。

「あっしも急いでいたんで、この入口のほうまでは見に来なかったんですが、おれが悪かった、助けてくれって」

「助けてくれ？」

「なんだか、必死で謝っているみたいだったんですよ。それで、ずっとのぞいてみればよかったかなあと思いながら来たんですが、やっぱり、なにかあったんですか？」

　男はそう言って、蔵のなかをのぞき込んだ。そこでようやく、権太郎の遺体が目に入ったらしく、

「げっ」

と、言った。

「変な噂を立てちゃ困るよ」

しめがたしなめたが、今日中にこの界隈には広まっているだろう。

椀田が立ち上がり、しめと雨傘屋を見て言った。

「しめさん。殺しだな」

「そうみたいですね」

「おいらは根岸さまの用事があるから、この件にずっとは関われねえ。いったん、奉行所にもどって、別のやつを寄越すよ。じゃあ、それまで、ここにいてくれるかい？」

「わかりました」

　と、椀田を見送ったのだった。

三

　もともと権太郎は、本業の手伝いなどいっさいしていなかったので、おいねだけは遺体のそばにいたが、あとの三人はいつもの仕事をつづけることにした。

　ニワトリやヒヨコたちに餌をやり、生んでいた卵を集め、これをつぶれないよう、もみ殻やわら束を入れたカゴに入れ、卵の卸し問屋や、自分のところの店がある本郷菊坂町まで持って行ったりする。

　見ていると、農作業より苦労は多いように思えてくる。

　そろそろ奉行所から担当の同心たちが来るかなというころ、

「兄貴はいるかい？」

　と、いかにも柄の悪い客が来た。

「兄貴だって？」

　しめが訊いた。

「誰だ、てめえは？　権太郎兄貴だよ」

「権太郎はそこだよ」

遺体を指差した。

「兄貴……！　なんてこった！」

客は取りすがって泣いた。

しめはそのようすを見て、

「兄貴って？」

と、おふゆを見た。

「ほんとの兄弟じゃないよ。弟分てこと。確か、亀吉（かめきち）といったね」

「そうなの」

「権太郎兄さんは、音羽（おとわ）のほうじゃ、ちょっと大きな面（つら）してたみたいだけど、別のやくざに追い立てられて来たのさ」

「そうなんだ」

弟分の亀吉はひとしきり泣きじゃくると、

「糞っ、やったのは山風将吉（やまかぜしょうきち）だな」

と、呻（うめ）くように言った。

「あんた、その話は本当かい？」

しめは十手を見せて訊いた。

「ああ。兄貴は山風将吉って野郎と揉めて、いったんは身を引くことにしたんだけど、やつらはかなり恨んでいるみたいだったし」

「そうなのか。ちょっと、あんた、いっしょに来ておくれ」

しめは立ち上がった。

「どこへ行くんです？」

「山風将吉とやらのところだよ。問い詰めてみようじゃないの」

「勘弁してください」

と、亀吉は怯えた声で言った。

「なんで？」

「あいつらは、恐ろしく荒っぽい連中なんです。すぐに暴れ出して、手がつけられなくなりますよ」

「やくざが怖くて、十手は預かれないよ」

しめは息巻いた。

「いや、一人、山のようにでかい化け物がいるんです。十人がかりでなかったら、抑えられないようなやつです。ほんとにやめたほうがいいです」

と、亀吉は必死でしめを止めた。

しめも、そこまで言われると不安になってきて、

「だったら、辰五郎に応援を頼むか」

と、神田皆川町の辰五郎の家に向かった。

しめの義理の息子でもある辰五郎は、若いが根岸の厚い信頼のおかげもあって、いまや神田の大親分として広く知られている。

辰五郎はちょうど家にいて、山風将吉の名を聞くと、

「あの野郎は、近ごろ、神田あたりに出て来ようとしてるんだ。ここらでがつんと懲らしめておくべきだな」

と言い、腕っ節の強い若い者を三人連れ、総勢六人で、音羽の山風将吉のところへ向かった。

将吉の家は、護国寺に向かって左に少し行ったところとわかっていたが、その前に音羽一丁目にある番屋に立ち寄ることにした。音羽界隈の町人地は、ほとんどが護国寺の寺領になっていて、町方との関係には微妙なことが多いのだ。

「山風将吉のことで来たんだがな」

と、辰五郎が切り出すと、

「じつは弱ってましてね」

町役人が愚痴をこぼした。

「大きな声では言えませんが、護国寺の塔頭に何人か悪い坊さんがいて、その人たちとつるんでるから、将吉もしたい放題ですよ」

「商売の邪魔もしてるかい？」

「まあ、みかじめ料を取られてないところはありませんね」

「なるほど」

「それも、かなりの額を巻き上げられているはずなんですが、仕返しが怖いから、訴えることもしないんです」

「十手を預かったのは、近ごろ、代替わりしてたな」

と、辰五郎は言った。

「ええ。いまはそっちの留蔵さんという、まだ若い親分なんですが」

「ああ、そうだった。あいつは真面目な男だろう？」

「真面目なんですが、ちと睨みがね」

「まだ二十五、六くらいだったな」

「そうなんです。だから、将吉のところの若い者もいちおうぺこぺこはしてるんですが、どこか舐めてかかっているんです」

「そういうんじゃ、ひとつ、脅しておいたほうがいいな。ここは江戸市中だ。坊主がなにか言うなら、根岸さまに話をつけていただこう」

と、辰五郎もいきり立ち、とりあえず留蔵を呼んでもらい、

「今日は、あたしらで、いっぺんがつんとやっておきますので、留蔵さんはあとで

あっしと親しいということで、適当にとりなしておいてもらったほうがいいでしょう。とにかく、やくざなんかのさばらせたら、示しがつきませんからね」

「わかりました」

ということで、いよいよ山風将吉の家に乗り込んだ。

若い衆が止めるのを押しのけるように、家のなかに入って行くと、

「なんでえ、てめえは？」

正面で、火鉢を抱き込むようにしていた白髪で目つきの悪い男が訊いた。

「山風将吉だな？」

「だから、てめえは誰だってんだよ？」

「神田の辰五郎ってんだ」

「神田の辰五郎？　岡っ引きにも同じ名前の野郎がいるが、てめえはなんの辰五郎だ？」

「その辰五郎だよ」

と、前で立ちはだかろうする若い衆の喉元に十手の先をあて、突き上げるようにした。

若い衆はのけぞるが、手は出さない。辰五郎の貫禄勝ちだろう。

「これは、神田の辰五郎親分、ご高名はここ音羽にまで届いておりやすぜ」

「ほう。そいつは都合がいいや。それで、訊きたいが、小石川の権太郎は知ってるな？」

「ああ、あの馬鹿野郎がどうかしましたかい？」

「おめえのところで狙っているというじゃねえか？」

「あの野郎、わしらの許しも得ず、賭場を開いたんでね」

「わしらの許し？　賭場？　おい、将吉。てめえはいつ、賭場なんざ開く許可を得たんだよ？」

「それはいろいろあって、一口では言えませんよ」

将吉は、背後の護国寺の威光をひけらかしているのだ。

「ふざけるんじゃねえ。てめえの賭場なんざ、いつだってつぶしてやるぜ」

「なんだって？」

将吉は、持っていた煙管をパシッと膝にぶつけて虚勢を張った。

「おれも忙しいんだ。手短に訊くぜ。権太郎を殺したのは、おめえんとこだよな？」

辰五郎は、将吉をねめつけながら訊いた。

「殺した？　権太郎は死んだのか？」

「とぼけるんじゃねえ。おめえんとこがやったんだろうが？」

辰五郎は、前に回り込もうとする若い衆をはねのけて言った。

「ちっと待ってくれ、親分。おれんとこもやくざだ。そうそう殺すまではしねえ。殺しちまったら、金にもならねえし、こっちも逃げるしかなくなるんだ」

「わかってんじゃねえか」

「もしかしたら……」

と、将吉は、家の奥をのぞき込むようにして、

「東海山、おめえ、権太郎をやったのか？」

と、声をかけた。

「ういい」

はっきりしない返事がして、裏から恐ろしく大きな男が出て来た。

「こいつか……」

と、しめが目を瞠った。権太郎の弟分の亀吉が怯えていたのは、この巨体の東海山だったらしい。なるほど、こんな大きい人間は、いままで見たことがない。

「こちらの親分衆が、おめえが権太郎を殺しただろうと言ってきなすったんだがな」

将吉がそう言った途端、

「あっしじゃねえ」

と、喚くやいなや、辰五郎に向かって突進してきた。

「おちつけ、この野郎」

と、言った辰五郎の首が、ぐいぐい絞めつけられる。

「よせ、この野郎！」

あいだに入った辰五郎の若い衆が、蹴られて吹っ飛んだ。凄まじい力である。

「なに、しやがるんでえ」

しめが、きんきん声を上げながら、長い十手で東海山の脛(すね)を、がっちがっちと殴りつけた。これは利いた。

さらに、耳の穴に、雨傘屋が先のねじれた鉄棒を突き入れた。

これには東海山もたまらず辰五郎から手を離し、

「ううっ」

と、崩れ落ちる。

「辰五郎に手を出したら、このしめが承知しないよ。根岸さまからじきじきに頂戴した十手は、伊達(だて)ではないよ！」

しめの、耳にさわる大声である。人によっては吐き気すら覚えるらしい。

その異様な迫力に恐れをなしたのか、それとも「根岸さまじきじき」というのが利いたのかはわからないが、将吉一家はざざっと数歩、後じさりしたようだった。

「しめ親分、ちっと待ってくれ。おれたちが権太郎にヤキを入れようと思ってたのは確かだ。だが、野郎は行方をくらまし、まだ見つけていなかったんだ。それに、たとえ見つけても、殺すまではしねえ。腹に焼きごてを入れて、二度とここらに顔出しできねえようにするつもりだったんだ」

将吉は必死で弁解した。

「嘘じゃないね？」

「だいたい、いま、そういう仕事はほとんど、この東海山にやらせてるんだ。こいつが行けば、目立つから、かならず目撃したのがいるはずだ。そういうのは見つかったかい？」

「そんな話はないがね」

確かにこの巨体が町を歩けば、大騒ぎになるだろう。

それからひとしきり、辰五郎としめで、

「あまりでかい面をしてると、いつでも根岸さまから呼び出しをかけるからな」

と、将吉を怖がらせ、小石川へと引き上げたのだった。

四

翌朝——。

根岸は朝飯の席で、しめと雨傘屋から、小石川の卵屋の顚末（てんまつ）を、改めて聞いていた。すでに定町回り同心のほうから、いちおうの報告を受けていたのだが、根岸が知りたいことは、この二人のほうから聞くほうがわかるのである。

「今度はニワトリか」

聞き終えて、根岸は苦笑した。

「カラスにウグイスが出てきたと思ったら、カゴのなかのインコや文鳥が死に、それで今度はニワトリの卵屋の殺し。なんだか鳥がつきまといますね」

と言ったしめに、

「そういうものだよ、しめさん。この世ってところは」

根岸が諭した。

じっさい、なにかひとつ、大きな惨事があったりすると、似たような惨事がつづいたり、あるいは異様な人殺しがあると、それをまねたような人殺しがつづいたり、そういったことは何度となく経験してきたのだ。

「ですが、お奉行さま、今度のはニワトリがどうしたこうしたという話ではないですから、あまり関係はないかもしれませんよ」

「いや、わからんぞ」

「え？」

「ニワトリが関わった話かもしれぬさ」

「あっはっは、そんな」

しめは笑ったが、根岸の真剣な顔を見て、

「まさか？」

と、慌てて笑いを引っ込めた。

「それと、山風将吉の件もよくやってくれたな。坊主とつるんでやりたい放題ということは聞いていて、きっかけがあれば懲らしめてやろうと思っていた。ちょうどよかったよ」

「寺社方は大丈夫でしょうか？」

「なあに、脇坂さまに話したら、もっとひどい目に遭わせただろうさ」

根岸と、寺社奉行の一人である脇坂淡路守の仲は、まるで歳の離れた兄弟みたいに良好なのだ。

「ただ、山風将吉も関わっていないとなると、さらに詳しく権太郎の周辺を探るべきでしょうね？」

と、しめが訊いた。まったく、妙な殺され方をしてくれたもんだと、あのぐうたら長男をののしりたくなる。

「それも必要かもしれぬが、そうだな、わしも検分してみるか」

と、根岸は言った。

「お奉行さまがですか？」

わざわざ根岸が足を運ぶようなことには思えない。

「楽翁さまが来るとおっしゃっていたのは、取りやめになったのだな？」

根岸は、隣で飯を食っていた宮尾に訊いた。

「はい。なんでも、急に外海に出なければならなくなったとかで」

「外海にな」

楽翁とは、元老中の松平定信である。ときおり、なんの前触れもなく、根岸のところを訪れるが、今日は珍しく、前もって根岸に暇はあるかと訊いてきた。定信の用事なら、ほかを押しのけても優先しなければならない。それでなんとか時間を取ると、急遽、取りやめで、定信の場合はだいたいこういうことになる。

「ならば、大丈夫だ。しめさん、雨傘屋、案内を頼む」

椀田と宮尾もいっしょに、根岸は小石川へと向かった。

水道橋を渡り、水戸藩邸を回り込むところまで来ると、

「駿河台に屋敷をもらう前、わしは小石川に住んでいたのだ」

と、根岸は一行に向かって言った。

「そうだったのですか」

しめは、知らなかったらしい。宮尾は根岸家の家来だけあって、誰かに聞いてい

たらしく、小さくうなずいただけである。

「だから、このあたりはよく知っているのさ」

根岸は、谷端川沿いを懐かしそうに歩いて、現地に来た。

権太郎の遺体は、早桶に納められ、蔵のなかに置いてある。兄弟姉妹は、おいねと旗二がいて、ほかは卵を届けに出ているとのことだった。

しめにお奉行さまだと言われ、おいねと旗二が驚いて膝と手をついた。

「よいよい。立ったまま話してくれ」

と、根岸は二人を立たせ、

「権太郎はここで寝起きしていたそうだな」

「はい。古い蔵ですが」

おいねが答えた。

「そうだな。ここは、弁慶屋という武具屋の蔵だったよ」

「そうなので?」

おいねだけでなく、一同、驚いた。誰も、ここの前歴を知らなかったのだ。

「もう、四十年ほど前になるだろう。変わったおやじがやっていてな」

「そうだったのですか」

「人殺しに使われた刀だのを、安く買って、恨みがこもった妖刀だなどと言って売っていたのだ」

「まあ」

「だから、そのころから、この蔵には出るという噂があった」

根岸は嬉しそうに言うと、

「なんてこった」

と、椀田がぶるっと身体を震わせた。

「ちと、周りを見させてもらおう」

そう言って、根岸は蔵だけでなく、ニワトリを放し飼いしているほうまで丹念に見て回った。

ふたたび蔵のところにもどって来ると、

「ここは、なぜ、内側にも閂などあるのでしょう？」

しめが観音扉を開けたり閉めたりしながら訊いた。

「不思議だよな。弁慶屋のあるじというのは、きわどい商売をするわりには用心深い男でな。押し込みが入ったときは、自らここに逃げ込んで、助けが来るまで籠城するつもりだったみたいだな」

「そうだったのですか」

「結局、泥棒と話がこじれて、殺されちまったんだがな」

「この蔵でですか？」

しめの顔が強張っている。

「いや、殺されたのは、そっちにあった母屋のなかだったはずだな」

「そうですか」

しめは、奇妙な死に方は、なにかの祟りであるような気がしてきたらしい。

「ところで、権太郎はずいぶん酒を飲んだのか？」

根岸はおいねに訊いた。

「はい。ほんとに困った兄でした。あたしたち、妹や弟にも、なんにもしてくれない、ひどい兄でした」

「酒の肴はどうしていた？」

「自分でどうかしてました」

「ニワトリは食ってなかったか？」

「よく、おわかりで」

おいねと旗二は、顔を見合わせた。

「そっちに、血のついたニワトリの羽根がずいぶん落ちていたのさ」

「ああ。そうなんです。兄は、どこかでニワトリの味を覚えてきたみたいで。ニワトリは卵の元ですので、食べられては困るのですが、ときどき自分でつぶして、鍋にして食べていました」

おいねが答えた。旗二は根岸の前で委縮してしまっている。

「それは弱ったものだな」

「ええ。でも、あの兄は言っても聞かなくて」

根岸は、独特のえぐみのある笑いを浮かべ、

「それだな」

と、言った。

「それとおっしゃいますと?」

「ニワトリの祟りだよ。しめさん、そういうことで終わらせよう。ま、あとは適当に補足しておいてくれ」

根岸はそう言って、もう背中を見せ、歩き出している。宮尾と椀田は後を追う。

残されたしめと雨傘屋、それにおいねと旗二は、唖然として見送るばかりである。

五

根岸の後を追って歩き出した宮尾は、すぐに、

「御前(ごぜん)、本気なので?」

と、訊いた。

「ニワトリの祟りか？」

「はい」

「まあ、権太郎はそう思って死んでいっただろう。当人が思ったなら、それでいいではないか」

「ははあ」

　真相は別にあるのである。

　だが、宮尾には見当がつかない。

　椀田を見れば、同様に首をかしげている。

　根岸は、川沿いに出ると、来た道とは逆に進んだ。

「それよりわしは、懐かしいところを見ていきたい」

　そう言って、いったん下った坂を、駒込（こまごめ）のほうへ上り始めた。

「火事があって、わしが住んでいた家は焼けてしまった。あのころとは、いくらか道も違っているようだな」

「そうなので」

「なにせもう、四十年以上も前だもの」

　そうは言いつつ、根岸の足取りはあのころのように若返っている。たまには、若いときに暮らしたあたりに来るのはいいことかもしれない。気分も若返ってくる。

「そこは、白山権現社ですね」

　と、椀田が言った。

「そうだよ。ここらにはずいぶん面白いやつが住んでいてな」

　などと言いながら、根岸は門前の横に並ぶ長屋のあたりに足を踏み入れた。

「ええと、どこだったかな」

　と、掘っ立て小屋のいくつかをのぞくうち、なかから出て来た男と顔を合わせると、

「お、鳥飼千太。まだ、生きてたかい」

　根岸は懐かしそうに言った。

　鳥飼千太と呼ばれたのは、何者なのか。歳は根岸と同じくらい。白髪を髷も結わずに伸ばし放題にして、着流し姿である。刀を一本、落とし差しにしているところから、町人ではないらしい。

「おう、根岸さんかい」

「久しぶりだなあ」

「あんたの出世ぶりは噂に聞いたよ」

「なあに、そんなことはたいしたことではない。それより、あんたも元気そうだ」

「まあ、気楽な勤めだから、やれてるのさ」

いったいなんの勤めなのかと、宮尾と椀田は顔を見合わせた。

「相変わらず、鳥と遊んでるのかい？」

と、根岸は訊いた。

「そりゃそうさ。これでもまだ鷹匠（たかじょう）の指導をしているのだから」

この返事に、宮尾と椀田はそっとうなずき合った。

「ああ、あんたの指導はたいしたものだよ」

「ただ、このところ、鳥たちが妙な具合でな」

「やっぱり、そうか。わしも、来るはずの鳥が来ないと不思議に思っていたのさ。じつはそのことを訊きたくて、近くに来たので寄ってみたのさ」

「そうだったかい」

「まさか、地震でも来るのかね？」

根岸も、もしかしたらとは思っていたのだ。

「いや、地震じゃないよ。空のせいだよ」

「空のせい？」

「風に妙なものが混じっているんだ」

「なぜ、そんなものが？」

「どこか、山が爆発したりしてないかね？」

「山が？」

「いまから二十年以上前だったか。浅間山が大爆発して、噴煙が江戸にもずいぶん飛んできたことがあったよな？」

「あった、あった」

「あのときも、小鳥が少なくなったんだ」

「そうだったか。あのころは、わしは忙し過ぎて、小鳥どころではなかったのだ」

「あのときと同じような臭いをふっと感じるときがあるんだ」

鳥飼千太は、人差し指に唾をつけ、風向きを確かめると、その方向に顔を向け、臭いを嗅ぐように鼻を鳴らした。

根岸も真似てみる。

「少し臭うだろう」

と、鳥飼千太は言った。

「いや、わしにはわからぬ」

「かすかな臭いだ。瘴気が混じっている。ひ弱なカゴの小鳥などは、これで死んだりするかもしれないな」

「ああ、そんな話も出ているな」

「見る限り、富士から煙は出ておらぬ。那須か、浅間か、それともどこか近くに新山でもできるのかもしれぬぞ」

　鳥飼千太は、途方もないことを言った。

六

　一方――。

　元弁慶屋の蔵に残されたしめと雨傘屋だが、根岸がいなくなると、

「ニワトリの祟りねえ」

と、しめはしきりに首をかしげた。

「いやあ、親分、あのお奉行さまが、本気でニワトリの祟りなどというものを信じているわけありませんよ」

と、雨傘屋は声を低めて言った。おいねは、通夜の支度をしているが、旗二のほうは原っぱのほうに出て、放心したように立ち尽くしている。

「じゃあ、どうしてだい？」

　しめが訊いた。

「だいたい、ニワトリの祟りってなんなんです？　どうなるんです？　ニワトリの巨大な化け物でも出てきて、くちばしで権太郎の頭を突っついたんですか？」

「そうじゃないのかい？」

「そんな馬鹿な。そもそもニワトリの祟りなどといわれているものがあるのか、あの人たちに訊いてみましょうよ」

「そうか」

しめはうなずいて、おいねのところに行き、

「ねえ、おいねちゃん。ニワトリの祟りってあるの？」

と、訊いた。

「うん。そう言われているのはあるよ」

「そうなの？」

「ニワトリは祟りがあるから食べちゃいけないとは、よく言われるよね」

これは、当時の江戸で、ふつうに言われていたことである。

「ああ、聞いたこと、あるね。なんで？」

「ニワトリというのは、時を告げる鳥だろ？」

「そうだね」

「でも、そのニワトリを食ってしまうと、朝が来なくなるんだって」

「朝が来なくなる？　なんだい、それ？」

「あたしにもわからないよ。ずうっと真っ暗なんじゃないのかい？」

おいねは恐ろしそうに言った。

「その祟りのことは、権太郎は知ってたかい？」

「ああ、知ってたよ。あたしらもずいぶん言ったから。そんなにニワトリを食べてると、祟るよ、朝が来なくなるよって」

「権太郎はなんて？」

「くだらねえことを言うなと怒ってたよ。でも、あたしは、けっこう信じていたと思うよ。あれで、子どものときからバチが当たるのを怖がったりしてたから」

しめはしばらく考えて、

「ふうん。もしかして、朝が来なかったのかも」

と、言った。なにか閃いたような顔をしている。

「え？」

おいねは不思議そうな顔をしているが、しめはニワトリが放し飼いされている原っぱのほうへ、ゆっくり歩き出していた。

原っぱにはまだ、春の気配は乏しい。それでも、ぽつりぽつりと、若い緑が混じり始めている。しめは、根岸が歩いていたところを思い出しながら、根岸になったつもりで、同じように歩いてみた。

地面は、かつて畑だったというのが信じられないくらい、砂地に小石が混じっているような踏み心地がする。それだけでなく、ニワトリがついばむように、貝殻を細かくだいたものも撒かれているらしい。また、ニワトリが好きそうな草もある。

　ここを根岸は歩いて、血のついたニワトリの羽根を見つけたのだ。それは、風に飛ばされたりして、一塊になっているわけではないので、うっかりしたら見逃してしまいそうである。

　後ろから、つられたようにおいねが付いて来たので、しめは振り返って、

「そういえば、ニワトリをつぶしたときは、羽根をむしるだろ？」

　と、おいねに訊いた。

「うん。むしるよ」

「あの羽根は、なにかに使えるのかい？」

「ニワトリの羽根は、使い道はあんまりないねえ。でも、肥しになるという人もいるんで、いちおう、そっちで少しだけやっている畑の土に混ぜたりしてるけど、作物のできがよくなってるかどうかはわかんないね」

「そうなんだね」

　なにか閃いた気がしたが、やはり違ったらしい。

「おっと、しめちゃん。そこに卵があるから踏まないで」

「ほんとだ。うっかりすると、踏みつけちゃうね」

「そうなんだよ。あとで、持ってって」

「こんなときに悪いね」

「うん。死なれると、がっかりしたけど、ただ、権太郎兄さんは、ひどい兄だったからね」

「そうなの」

「旗二や駒三は、子どものころから、ずいぶん苛（いじ）められたしね。それで、こっちに来てからも威張り散らしてただろ」

　おいねはそう言って、向こうのほうでまだぼんやりしている旗二を見た。

「そりゃあ、駄目だね」

「だから、ホッとしてるところもあるんだよ」

「なるほどね」

　しめは大きくうなずいた。

　ニワトリ小屋の前に来た。

　明るいうちは放し飼いにしているが、夜はこの小屋にぜんぶ入れてしまうらしい。そうしないと、飛べないはずのニワトリだが、どうかするとけっこう高く飛んで、塀の外に逃げることもあるという。

　そういえば、根岸はニワトリ小屋は、裏のほうまで見ていた。そこでしばらく立ち止まり、考えごとをしているみたいだった。

カゴが四つ、置いてあった。

「そのカゴは？」

しめはおいねに訊いた。

「ああ。卵を入れて、売りに行くんだよ」

「直接、売ったりもするんだね？」

「そうだね。卸すほうが多いけど、じかに売るほうが儲けは大きいんでね」

カゴは、新しいのが二つと古いのが二つある。

その古いカゴのほうには、黒い大きなきれが、何枚か入っていた。

「その黒いきれはなんだい？」

「ああ。風呂敷にしてたやつだね。まだ、卵があんまり採れなかったころ、藁といっしょに卵を包んで持ち歩いたりしてたんだよ」

「いまは、使わないの？」

「たまには使うよ。どうして？」

「いや、ちょっとね」

と、しめはおいねの後ろにいた雨傘屋を手招きして、なにやら話を始めていた。

七

しばらくして――。

しめは、次男の旗二と、外から帰って来た三男の駒三を連れて、小石川御掃除町の番屋に入った。しめが二人の前に、後ろに雨傘屋が立った。旗二と駒三は、ずいぶん緊張しているみたいである。

しめは、二人の顔を交互に見ると、

「ねえ、あんたたち、朝を来なくしたんだろ？」

と、静かな声で訊いた。

「……」

旗二と駒三は、不安そうに顔を見合わせた。

「蔵の二つの窓に黒い布を張ったカゴをかぶせただろうよ。そうしたら、あの蔵にはまったく明かりが入らなくなるよね」

「……」

「しかも、蔵のなかには、ろうそくはあったが、火打ち石が置いてなかった。なので、明かりを灯すこともできなかった」

それは、最初にあの蔵に入ったとき、わかっていたが、その意味については考えもしなかったのだ。

「……」

「権太郎は、充分、寝足りたはずなのに、いつまでも明るくならない。これはおかしいと、真っ暗ななかを出入口を探して歩き回った。柱に頭をぶつけたりしたけど、どうにか戸口のところに辿り着いた。ところが閂を開けても、戸は開かない。それはそうだ。表の閂をかけてあったんだからね」

「……」

「次に権太郎は、窓から外を見ようとした。中二階に上がれば、天窓の戸は開けられる。這うようにして辿り着き、天窓の板戸を開いたが、外は真っ暗だ」

「……」

「ニワトリを食うと、朝が来なくなるという言い伝えは、権太郎も聞いていた。というか、さんざん言われていた。やっぱりそれが来たのかと思い、慌てふためき、中二階から足を踏み外すと、階段の柱に頭をぶつけ、ひっくり返った。それが、権太郎の死因だったんだ。殴られて殺されたわけじゃない」

しめはそう言って、じいっと二人を見た。

もしかしたら暴れ出すかもしれないと、雨傘屋とは話しあった。そのため、雨傘屋は自作の妙な武器を握りしめている。しめも、すぐに握ることができるところに、細長い十手を差している。

しばらく沈黙がつづいたあと、

「あいすみません」

　と、旗二がかすれた声で言った。

「まさか、死ぬとは思ってなかったんで」

　これは駒三が言った。

「だろうね」

「ただ、ニワトリを食うのをやめさせようとしただけで」

「あたしも、そう思ったよ。それに、あたしでも、同じようなことをしただろうとも思ったよ」

「そうなので？」

　しめがそう言うと、
　と、旗二と駒三は顔を見合わせた。さっきまでの緊張は、すこし薄らいできたように見える。

「どっちにしろ、権太郎は音羽のやくざに殺されていたと思うよ」

　と、しめは言った。

「え？」

「あいつらは、権太郎に賭場を荒らされて面子をつぶされ、なんとしても仕返しをするつもりだったんだ」

山風将吉は、殺すまではしないと言っていた。だが、もしもあの怪物東海山に見つかったら、あいつが力の加減などできるわけがなかった。権太郎は高々と持ち上げられ、地面に叩きつけられたことだろう。卵みたいに、ぐしゃりとつぶれてしまったかもしれない。

「そうだったので」

しめは、二人を交互に見て、

「ま、これで存分にニワトリを増やし、もうちっと余裕のある暮らしをするといいやね」

と、言った。

「あっしらにお咎めは？」

旗二が恐る恐る訊いた。

「なんにも罪は犯してないんだもの、お咎めなんかあるはずないだろう」

「でも、根岸さまが検分なさって。根岸さまが自ら足を運んで、捕まらなかった悪党はいないという評判も聞きましたが？」

「それは本当だよ。その根岸さまが、ニワトリの祟りだとおっしゃったのは、あんたたちを捕まえる必要はないという意味だったのさ」

二人は顔を見合わせ、安心しきったように、

「ありがとうございます」

深々と頭を下げたのだった。

しめが南町奉行所に着いたときには、奉行所のあちこちもすでに夕闇に染まり出していた。

「お奉行さま」

二人は根岸の部屋を訪ねた。

「おう、しめさん」

「あの小石川のニワトリの祟りの件ですが」

「うん。どうかしたかい？」

「いちおう、解決しました」

「解決？」

「お奉行さまが、ああ、おっしゃったけど、あたしのほうは最後まできちんとさせたいと思いまして」

「そりゃそうだよな」

「それで……」

と、さっきまでの話をした。

「さすが、しめさんだ。わしよりお見通しだ」

　と、根岸は笑った。

　しめはひとしきり照れてから、

「でも、わからないことが一つ、あります」

　と、言った。

「なんだい？」

「なかから閂がかかっていたんです。ふつう、外に出て、ほんとに夜なのか、確かめますよね？」

「確かめようとしたのだろうな。でも、外からも閂がかかっていたので、出られなかったのだろう」

「はい。でも、内側の閂はどうしたんでしょう？　あの閂は、閉まっていたのを、この雨傘屋が裏の高窓から物干し竿を入れて、先につけた道具で外したんですよ」

　しめがそう言うと、雨傘屋が、

「あれは簡単な閂で、扉についたカギ型のところに、丈夫な角材を落とし入れるだけなんです。だから、外すのは簡単でしたが、わきに置いた角材を拾って、あのカギ型に入れるなんてことは、権太郎本人でなかったらできません」

　根岸は考えたりもせず、

「それは、おそらく権太郎がいったんは外したが、外でなにか喚いたりしたのではないかな」

「喚いた？」

「ニワトリの化け物だ、助けてくれとか」

「まあ」

しめが、目を瞠った。

根岸は、ずいぶん若返ったような、意地悪そうな笑みを浮かべ、

「わしなら、クワックワックワッとか喚いて、外から閂を開けようとしただろうな。だもんだから、権太郎は慌てて、閂をかけ、それから慌てふためいて逃げ惑ううち、あちこちに頭をぶつけ、ついには中二階から転げ落ちたというところではないかな」

「そういうことですか」

しめと雨傘屋は顔を見合わせ、これですべて合点がいきましたというように、深くうなずいたのだった。

八

一方――。
この夜も、凶四郎と源次は、あの四つの早桶のことについて、さりげなく調べを

進めている。

根岸が大目付に訊いたところでは、信濃上田藩は、財政こそ厳しいようだが、とくにおかしなことが起きているという報告は来ていないらしい。

「ただ、妙な姫君はいるらしい」

と、根岸は言った。

「妙といいますと?」

「それがわからんらしい。ただ、気味が悪いとかで、隣の三河岡崎藩邸や、道を挟んだ前の備中鴨方藩、秋田久保田藩でも噂になっているそうだ」

「姫君がですか?」

「ほんとの名は別にあるが、フクロウ姫と呼ばれているそうだ」

「フクロウ姫……」

背筋がぞっとした。いったい、どういう姫がそんな綽名をつけられるのか。

「どうも小鳥が姿を見せないと思っていると、カラスだのフクロウだのあたりは、勢いを増しているみたいだな」

根岸は苦笑していた。

むろん、武家のことである。町方同心が関われることではない。

根岸も探れとは言っていない。

が、興味を持っているのは、明らかだった。

「ちと、訊いてみるか」

立ち止まった凶四郎が、源次に言った。

「ええ」

ただ、この通りには大名家や旗本家が出す辻番はない。が、瓦町（かわらまち）の番屋がある。

もちろん夜回りをしている二人は、顔なじみで、そこへ顔を出した。

「これは土久呂さまに、源次親分」

火鉢の前に座っていた町役人と番太郎が、慌てたように立ち上がった。

火鉢には、湯豆腐の鍋。もちろん、別に燗（かん）をつけたちろりがある。

「すみません。あんまり寒かったもんで」

「そりゃそうだ。気にせず、つづけてくれ」

「なんなら、一杯だけでも」

湯豆腐がうまそうだったが、

「そうもしてられねえ。ちと訊きてえことがあってな。この源次が黒船町（くろふねちょう）の番太郎から聞いたというんだが、ここらで、カラス猫が出ると騒いだことがあったんだってな？」

と、凶四郎は言った。

黒船町は、ここから北へ七、八町ほど行ったところで、カラス猫が出たというのは、ここ瓦町の真ん前なのだ。この前、凶四郎が来たときは、ちょうど火の用心の見回りに出ていて、ここの番屋の者とは会えなかったのだった。

「そうなんです。あたしも遠くからですが、ちらっと見かけました」

と、町役人が言った。

「ほんとにカラス猫だったのかい？」

「たぶん、そうだったと思います」

「ふうん。それで、いまも出てるのかい？」

「いえ、もう出てないみたいです」

「それは残念だな。ぜひ、この目で見たかったのに」

「滅相もない。あたしは、そのあと、清めの塩はかぶるわ、そっちのお閻魔さまでお払いはしてもらうわで、大変でしたよ」

瓦町の隣には、江戸の三大閻魔として知られる華徳院（けとくいん）があるのだ。

「それはそうと、カラス猫のほかに、フクロウ姫とかいうのも出るらしいな？」

凶四郎がそう言った途端、町役人と番太郎の顔が、同時に紐で引っ張られたみたいに、ひくひくと引き攣（つ）った。

「あ、出るんだ？　やっぱり」

「その話は勘弁してください。あたしは、なにも知らないんで」

「番太郎は？」

「あっしなんざ、知るわけありませんよ」

二人は、地面のなかにでも潜り込みそうなくらい、小さくなっている。

「おうおう、おめえらは、おいらが訊いてるのに、しらばくれる気かい？」

凶四郎はムッとしたように言った。

「ほんとに知らないんです。嘘じゃありませんよ。ただ、このあたりの者から、フクロウ姫のことは、いっさい関わっちゃ駄目だと聞かされてるんです」

「なんで？」

「それは、お大名家のことですから、あたしら町人は、ほんとに関係ないことですので」

二人とも、異様な怯えようである。

凶四郎は源次を見た。

「ま、今日のところは、あまり突っ込まずにおきますか。そのうち、しゃべってくれると思いますので」

源次も相手を締め上げるのがうまくなっている。

「そんな、親分……」

二人は泣きそうである。これ以上締め上げても、なにも話すことはないだろう。

「そうだな。じゃあ、またな」

凶四郎と源次は、外に出た。

「なんですかね、あの怯えようは？」

「なんだろうな。ちっと、その屋敷をぐるっと回ってみようぜ」

「そうしましょう」

凶四郎と源次は、警戒しながらも、塀に沿って、表通りから裏手のほうへと進んだ。

上屋敷だけあって、かなりの広さがあり、ずうっと壁がつづく。表通りから三町ほどは来ただろうか、突然、

「みゃあお」

と、上で猫が鳴いた。赤ん坊の悲鳴みたいな声である。

「おっと、脅かしやがるぜ」

凶四郎は肩をすくめ、塀の上を見た。

「いますか、旦那？」

「いるよ。ほら、あそこだ」

凶四郎は、少し先の、松の枝があるあたりを指差した。黒い影があり、二つの目

だけが光って、こっちを見ていた。根岸家の庭でも、こんな光景を見るときがあった。

「あ、ほんとだ。黒猫ですね」

「みやあーお」

と、凶四郎は、ふいに猫の鳴き真似をした。

「どうしたんですか、旦那？」

源次は驚いて訊いた。

「なあに、捕まえて、ほんとに羽根があるか、確かめてみようじゃないの」

「なるほど」

源次はうなずき、道端に猫をじゃらすことができるような草花はないかと探したが、見つからない。

黒猫は、塀の上を、大川のほうに向かって歩いていく。それがかなりの速さである。

そのあとを、凶四郎と源次は追いかけた。

「夜這いじゃないのかね？」

と、凶四郎は言った。

「盛(さか)りにはまだ早いでしょう」

大川沿いの道が見えてきたとき、塀の向こうで男たちの声がした。

すると、塀の上の黒猫は、突如、向こう側に跳び下りてしまった。

「早くしろ、早く！」

「あと三人ほど」

「もう、よい。これで行くぞ」

そんな話し声がする。

ギギッという音は、裏門が開いた音らしい。

角のところで身を隠し、凶四郎と源次は、この屋敷の裏門あたりを見た。

四人の武士が出て来ると、慌てたように前の揚(あ)げ場に泊められた二丁櫓(にちょうろ)の舟に乗り込んだ。舫(もやい)を解き、駆け出すように、舟を出す。

そのとき、閉められた裏門のなかから、

「ほっほっほっほ」

という女の笑い声がした。楽しくて笑ったのではない。悪意や狂気を感じさせる、冷たい笑いである。

「げっ」

凶四郎の背筋に寒けが走った。

「なんですか、あれは？」

源次も顔をしかめている。

「やっぱり、この藩では、なにか起きてるよな」

と、凶四郎は呆れたように言った。

第三章　赤いムササビ

一

土久呂凶四郎は今日も、明け方近くになって、八丁堀の役宅に帰った。犬のような足取りで、猫のように目を光らせておこなう夜回りの仕事は、先ほど終わった。

よし乃は起きて待っていた。とはいえ、座布団を枕に横になっていた跡はある。それでも、凶四郎の刀や羽織を受け取る姿に、寝乱れたようすはない。

「寝ててくれていいんだぜ」

と、凶四郎は言った。こんな昼夜が逆になった暮らしに、もらいたての女房を巻き込むのは、申し訳ない気がする。

「そうはいきませんよ。町人の嫁になったのならともかく、武士の嫁ですからね」

「武士ったって、同心の家なんざ町人みてえなもんだよ」

「いいえ。江戸の治安のために命をかけてくれてるのですから、そんなお人を武士と言わなかったら、おかしいでしょ」

そんなふうに言われたら、もういっぺん回って来ようかという気になってしまう。

いったん火鉢の前に座った。よし乃はすぐに熱い柿の葉茶を淹れてくれた。

茶を飲むと目が冴えたりするが、これはそんなことはない。むしろ、身体が温まってぐっすり眠れるのだ。

ぐっすり眠れるのは、そのためだけではない。よし乃がもたらしてくれる家のやすらぎのおかげなのだと思う。それは、大人になった凶四郎が初めて味わったもののような気がする。

亡くなった阿久里(あぐり)を悪く思う気持ちはないが、それでも阿久里はやはりわがままなお嬢さまだった。相性は悪くなかったが、凶四郎を気遣ってくれる細やかな気配はなかった。酸いも甘いも嚙み分けてきて、四畳半のありがたさを知っているよし乃とは、帰ってくる亭主を迎える空気が違うのである。

「首が疲れたな」

じつはさほどでもない。ふっと、言ってみたくなったのだ。

「揉みますよ」

すぐによし乃が後ろに回り、肩を揉んでくれる。

「悪いな」

効くというよりは嬉しい。

「どうして首が？」

「この数日、上を見る癖がついちまってな」

「月や星を眺めるのに？」

「そんな風流なものならいいんだが、ここんとこ、江戸の空がなんとなくおかしくてな。お奉行も、小鳥が来ないと不思議がっているのさ」

「空が？　そういえば、夕焼けの色が妙な光を帯びているように思いましたよ」

「夕焼けがな」

よし乃は自然を見る目が鋭い。凶四郎が気がつかないことを指摘したりする。

「それに、昨日の句会で、変わった生きものが詠まれましてね」

よし乃の句会にはずっと出ていない。というより、出にくくなってしまった。出ようものなら、さんざん冷やかされるに決まっている。

「なんだい？」

「ムササビってご存じです？」

すぐにはわからない。少し考えて、

「鳥だっけ？」

と、言った。フクロウやコウモリの仲間ではなかったか。名前は耳にしていたが、じっさいに見た覚えはない。

「鳥じゃないらしいですよ」

「でも、空を飛ぶんじゃないのか？　だったら、鳥だろう」

「飛んでいるように見えるけど、鳥と違って、羽はないから、ずっとは飛べないんだそうですよ」

「でも、飛ぶことは飛ぶんだろう？　ニワトリなんざろくに飛べねえのに、鳥の仲間になってるぜ。あいつら、図々しい野郎だな」

凶四郎の軽口に、

「あら、ほんと」

と、よし乃は笑ってから、

「ムササビは、勢いをつけて跳ぶと、身体をいっぱいに広げて、それで宙を滑るようにしてるんですって」

「宙を滑るのかい」

「それでも、山のなかでは、木から木へ一町ほど飛んだそうですよ」

「たいしたもんじゃねえか。それで、そのムササビを句に詠んだのかい？」

「そうなんです。井桁屋（いげたや）の若旦那なんですが、酔うほどにムササビも飛ぶ月夜かな、って句だったんですが」

「たいした句じゃねえな」

井桁屋の若旦那というのは、よし乃を口説こうとするのが見え見えだった。それもあって、凶四郎はきついことを言った。

「まあね。それで、あたしが、なんでまたムササビなんですか？　と訊いたら、ほんとに飛んでいたらしいんですよ。馬喰町のあたりを。それで、それを句にしたんですが、ご隠居さまが、ムササビは江戸にはいないとおっしゃってね」

「江戸にはいないのかい？」

「山にはいるけど、江戸にはいないんですって」

「江戸だって、森はあるだろう。大名屋敷の庭も、森にしてあるところはいっぱいある。だったら、江戸にいても不思議はなさそうだがな」

「ところが、ムササビというのは、地上には降りて来ないんですって」

「ずっと木の上にいるのかい？」

「そうみたいですよ。だから、山はずうっと木が生えているけど、江戸はどうしても、木のないところがありますでしょ」

「川もあるしな」

「ええ。だから、そこで落ちてしまうので、江戸には来られっこないんだとご隠居さまはおっしゃって。でも、句をつくった若旦那のほうは、あれはぜったいムササビだったって言い張って」

「それで殴り合いでも始めたかい？」

「まさか。二人とも大人ですから、苦笑して、まあ、いいかって顔してお終(しま)いですよ」

「あっはっは」

首の疲れはもう消えている。

ゆったりと睡魔が襲ってきた。

二

次の夜——。

凶四郎と源次は、今宵も信濃上田藩邸にやって来た。

本来、この界隈というのは、治安は悪くないのである。浅草橋の向こうの浅草御門(あさくさごもん)には、昼夜、大勢の衛士(えいし)が詰めているし、そのわきには大番屋もあるので、町方の出入りもある。また、広大な御米蔵には上之御門(かみのごもん)、中之御門(なかのごもん)、下之御門(しものごもん)と三つの門があり、それぞれ番人がいる。悪党は、逃亡しにくいところなのだ。

そのため、ここらを毎晩見回る必要はないのだが、どうしてもこの前の四つの早桶とフクロウ姫のことが気にかかっている。

それで今宵も、上野、根津、湯島、外神田と回ったあと、こちらに立ち寄ってしまった。源次は、

「あっしは帰り道になりますので、一人で見回りますよ」

と言ったが、凶四郎には人まかせにできないところがある。

すでに明け方が近い。空は晴れているので、あと半刻も経てば、東の空に青みが出てくるはずである。

上田藩邸の北側は、三河岡崎藩(みかわおかざきはん)の中屋敷に接していて、このあいだに道はない。また、岡崎藩邸の北側は、御米蔵を囲む堀になっているので、上田藩邸をぐるっと一周することはできない。南側の町人地と接する細い道を通って、大川沿いの道に出ると、岡崎藩邸との境目まで行って、引き返すことになる。

「今日は静かだな」

この前、猫を見つけた道を歩きながら、凶四郎は言った。

「猫もいませんね」

「笑い声も聞こえねえ」

「あっしは、あの笑い声はもう、聞きたくないですね。思い出すと、背筋が寒くなります」

「まったくだ」

「今日も奉行所に行く途中、ここらあたりで、フクロウ姫のことを訊いてみたんですが、駄目ですね。なにも話そうとしませんよ」

「怯えてるのか？」

「ええ。でも、不思議ですよ。だいたい江戸の町人は、田舎大名をそれほど怖がったりはしないはずなんです。なんせ、ここは将軍さまのお膝元ですからね。むしろ、でかい顔はされたくねえくらいに思ってますよ」

「そうだよな」

「それがあんなにびくつくということは……」

「なにかあったんだろうな」

「笑い声だけじゃないですよね」

「それはそうだろうよ」

大川沿いの道に出た。

それまで、あちこちから梅の甘い香りがしていたが、それにどぎつい白粉（おしろい）の匂いが混じった。

凶四郎が鼻を鳴らすと、

「夜鷹（よたか）ですよ。ほら、そこに」

「舟饅頭か」

柳の下に女がいて、その向こうに小舟が泊めてある。捕まえた男をその舟に乗せて、ことに至るのである。

近づいた。歳のころ、三十半ばといったところか、もっとも、この仕事はじっさいの歳より老けて見える。

「こんな遅くまで大変だな」

凶四郎は声をかけた。

「皮肉ですか？　町方の旦那でしょ？」

「いや、ほんとに大変だと思ってるよ」

嘘ではない。当人だって、もっといい仕事があるのはわかっているだろう。

「そりゃ、どうも」

「だが、こんな刻限に客はつかまらねえだろう？　しかも、こんなところで」

「そう思いますよね。ところがけっこうつかまるんです」

「ほんとかよ」

「そちらのお屋敷の若いお侍さんたちが、夜中に眠れなくてね」

「なるほどな」

ここに女が出ることは、屋敷の者たちにも知れ渡っているのだろう。となれば、夜中に裏門から抜け出して来る若い者がいても不思議はない。

「どっちかというと、松平さまより、本多さまのお侍のほうが、お元気ですけどね」

と、女は言った。

本多さまは、岡崎藩のほうである。

「松平さまのところは、カラス猫だの、フクロウ姫だのが出るって聞いたんだがな」

凶四郎はなにげない調子で訊いた。

「ああ。そうみたいですね」

「あんたも見たのかい？」

「見たというより、しばらく前、カラスや猫は鳴いてましたよね。もうちっと奥のほうですよ」

「なるほど」

「フクロウ姫ってのは、あたしも噂でしか聞いてないんですが、首が回るんですってね」

「首が回る？」

それは初めて聞いた。

「ほら、フクロウってのは前を向いてたのが、首だけぐるっと、真後ろまで回るじゃないですか」

「そうなるのか？」

「そこのお姫さまがね。目がきょろんと大きくて、フクロウそっくりだといいますよ。ああ、怖っ」

女は肩をすくめた。

「その上田藩邸だがな……」

もっとなにか聞き出せそうだと思ったとき、

「ああ、お客さま。旦那たち、邪魔しちゃ嫌ですよ」

岡崎藩邸のほうから、武士がこちらに向かって歩いて来ていた。思ったより歳がいってそうである。歳がいっても、なかなか抜けきれないらしい。

「ああ、またな」

凶四郎と源次は、そそくさと立ち去った。

「フクロウ姫の綽名の由来がわかったな」

さっきの道を引き返しながら、凶四郎は言った。

「でも、ほんとですかね。ろくろっ首じゃあるまいし、真後ろまで回りますか？」

「そうだよな」

それは、じっさい見てみないことにはわからない。

「じゃあな、源次」

表通りに出たところで、凶四郎が源次と分かれようとすると、

「今日はまだ疲れてねえんで、橋本町(はしもとちょう)から柳原土手(やなぎはらどて)あたりを回って帰りますよ。近ごろ、回ってませんでしょう」

「そうか。すまねえな」

浅草御門から馬喰町の通りに出て、まっすぐ進んだ。

竜閑川(りゅうかんがわ)に架かる土橋の手前あたりに来たときである。

「ん？」

凶四郎は夜空を変なものが飛ぶのを見た。高い空ではない。二階建ての屋根のもう少し上くらいである。

四角い亀みたいなかたちをしている。

それがすーっと、右の空から左の方へと流れるように飛んだ。

「旦那、ご覧になりました？」

と、源次が訊いた。

「ああ、見た。亀じゃねえよな？」

「亀は空飛ばねえでしょう」

「なんだ、あれは？」

「ムササビですよ」

「あれがムササビか」

昨夜、よし乃と話したばかりである。そういえば、井桁屋もこのあたりにあるのではなかったか。

「あっしは、箱根の山で何度も見たから、間違いないです」

「捕まえられるか？」

捕まえたら、江戸にもムササビがいるという証明になる。よし乃に持って行かせよう。

「追っかけますか」

「おう」

二人は、影が見えなくなったほうへ走った。

竜閑川の川沿いには、柳の木が並んでいる。

「ムササビは木から木に飛び移るんですがね」

源次は木の上を見ながら言った。

「そうらしいな」

だが、覆いかぶさるような柳の枝葉のため、上のほうは見えない。

「いるか？」

「いやあ、見つかりませんね」

見失ったらしい。

「諦めますか？」

「そうしよう。ところで源次、箱根なんかで暮らしたことなんかあるのかい？」

さっき、チラッと気になったのである。

「吉原から駕籠で箱根まで乗りつけて、七日間の湯治をしたお大尽がいましてね。あっしらも、いっしょに泊めてもらったんです。豪気なお大尽でしたけど、そのあと店はつぶれたみたいです」

「やっぱりな」

「それで、夜、湯宿の窓から箱根の山を見ていたら、つーっと夜空を横切るんです。鳥には見えないし、コウモリでもないし、亀とは思いませんでしたが、女中に訊いたら、それはムササビですって」

「へえ」

「ムササビって鳴くんですよ」

「ほう」

「グルルルって、獣が唸るみたいに。気味が悪いですぜ」

「だろうな」

「どんな顔してるのか見たかったんですが、夜しか出て来ないんで、誰も顔を見たことはないと言ってました」

「そうか」

そんなムササビが、なぜ江戸に出現しているのか。

気にはなるが、もう東の空がぼんやり明るくなってきた。

三

この日――。

根岸肥前守は評定所の会議で、空の異変の件を持ち出した。今年は江戸に小鳥が少ない。なにか、異常なことが起きているのではないかと。

「言われてみれば、そうだな」

「そういえば、今年はウグイスの鳴き声を聞いてないな」

老中や若年寄に、うなずく人がいた。

「それで、鳥のことに詳しい知り合いがいて」

と、根岸は鷹匠への気遣いから鳥飼千太の名は出さずに、

「どこかで山が爆発したからではないかというのです。どうやら、風にそんな臭いが混じっているのだと」

「風に？」

「臭いが？」

老中や若年寄たちは、今度は疑わしい顔をした。

「わしはそんな臭いを感じたことはないがな」

「そういえば昔、浅間山が爆発して、噴煙が飛んできたときも、とくに臭いは感じなかったがな」

と、山の爆発については、懐疑的である。

根岸も、この雰囲気ならこれ以上は話題にせず、このままうやむやにしようと思ったが、そこへ寺社奉行の脇坂淡路守が、

「根岸どの。その話をしたのはもしかして、白山権現社の前に住む鳥飼千太のことではござらぬか？」

と、訊いた。

「鳥飼千太をご存じでしたか。そうです。あの男から聞いたのです」

「であれば、間違いはありませぬ。その鳥飼という男は、信じがたい能力を持った男でしてな」

と、脇坂はおもに老中や若年寄たちのほうを見ながら、

「わたしが見回りで白山権現に立ち寄ったとき、お奉行さまにご相談があると話しかけてきましてな。見た目はなんとなく怪しいのです。連れの者など警戒して、押

しのけたりしたくらいでして」

　この話に、根岸も苦笑してうなずいた。

「それで、その鳥飼が言うには、近くにある銀腹寺(ぎんぷくじ)という寺を探るべきだと。わけを訊くと、夜中にカラスが飛び、かすかに遺体を焼く臭いがしてくると言うのです。その寺のあたりに焼き場などないし、あれはおそらく地下に焼き場をつくり、そこで訳ありの遺体を焼いたりしているのだと。それで、いちおうその寺を探ってみますと、鳥飼の言ったとおりでした。そっと遺体を始末してくれるというので、悪党たちには知られた存在だったようです」

　脇坂はそう言って、根岸を見た。

　じつは、根岸もこの寺を探っていたときで、わずかに脇坂に先を越されたのだった。

「その鳥飼千太は、夜のカラスの動きと、かすかな臭いだけで、寺の秘密に気がついたのです。周囲では、誰も気づかなかったのにですよ。もちろん、その寺はすでに廃寺にしてあります」

　この脇坂の発言で、

「ほう。そんなことが」

「そういうことなら、間違いなさそうだ」

と、会議の風向きが変わった。

「どうも、咳が出ると思っていたが、そのせいかな」

「薩摩の桜島は、しょっちゅう爆発しては、噴煙を撒き散らしているらしいですぞ」

「だが、まさか桜島の噴煙はここまでは来ないでしょう」

などと老中たちが言い出すと、

「そういえば、三年ほど前、浅間山が爆発しています」

と、勘定奉行の一人が言った。

「そうなのか」

これには、皆、いっせいにその勘定奉行を見た。誰も知らなかった話である。少なくとも、評定所の会議では報告されていない。

「ただ、天明のときのような大爆発ではありません。なので、江戸では知る者もほとんどいませんでした」

「それで、いまは？」

と、老中の一人が訊いた。

「いったんはおさまったようですが、いまも、ときおり大量の噴煙が上がっているとは聞きました。もしかして、それが風の都合で江戸に流れているのかもしれませんな。わかりました。わたしのほうで、いろいろ訊いておきましょう」

ということで、この話は終わった。

ただ、その三年前の爆発のとき、飢饉になったりはしなかったのか。信濃上田藩は、浅間山から遠くはなかったのではないか。

根岸はそれらが気になったが、むろん町奉行の管轄ではない。とくに問いかけたりもしなかった。

会議が終わったあと——。

根岸は寺社奉行の脇坂淡路守に声をかけた。

「脇坂さま。ちと、ご相談が」

「なにかな」

脇坂は若く、頭が切れるので、人によっては生意気と受け取るお歴々もいるらしいが、根岸から見ると、颯爽とした好漢以外の何者でもない。

「じつは……」

と、信濃上田藩から出た四つの早桶と、フクロウ姫の話をすると、

「それは面白そうな話ですな」

と、俄然、興味を示した。

「だが、大目付筋からはさほどの話は聞けそうもないのです。それで、四つの早桶が運び込まれたという阿部川町の金満寺に探りを入れたいと思っているのです。寺

社方からもご同道いただければと思いましてな」

「入れましょうよ」

と、脇坂はすぐに言ったが、

「ただ、生憎とわたしの手の者も、面倒な調べに奔走しておりましてな」

「なるほど」

脇坂の、寺社に対する遠慮のない呵責は、僧侶や神官にも恐れられ、陰では「脇坂閻魔守」などと呼ばれているらしい。しかも、このところ、いままでの寺社奉行なら二の足を踏むような名刹の裏側に踏み込もうとしているらしいとは、噂に聞いていた。

「わしの認可状を差し上げます。それを持って、宮尾あたりに踏み込ませたらいいでしょう。少し、お待ちを」

そう言って、脇坂は付き添っていた家来に命じ、筆と紙を用意させ、さらさらと文言や名、それに花押まで書いてくれた。

「ありがとうございます」

「なんの。できれば、わしが関わりたかったくらいで」

と、脇坂は茶目っ気あふれる笑顔を見せた。

四

根岸は、評定所にも付き添って来ていた宮尾玄四郎にその書状を持たせ、椀田とともに阿部川町の金満寺に向かわせた。

道々、椀田は宮尾に、

「あんたも、相手が坊主となると、女中や小娘たちみたいに、あんまりいい話は聞き出せそうもないんじゃねえか」

と、からかうように言った。

「わたしもそう思うよ。だから、ここは椀田の旦那におまかせしようと思ってるんだ」

「勝手に思うなよ。だいたい脇坂さまは、宮尾あたりにとおっしゃっていたではないか。あんた、脇坂さまに気に入られているからな」

じっさい、脇坂から当家に来ないかと誘われたこともあったくらいなのだ。

「そうかあ。いちおう、脇坂さまの期待に応えるべく、努力だけはしてみるか」

宮尾は、相変わらずあまり気合が入らない調子で言った。

金満寺は、寺に囲まれたなかにあって、ひときわ目立つ、裕福そうな寺である。寺の入り口となる山門なども、阿弥陀(あみだ)さまが降臨なさったばかりかと思うほど、金箔で光り輝いている。

「なんか、重々し過ぎて、沈むんじゃないかと思える寺だな」

と、椀田は不逞（ふてい）な感想を言った。

「こんなに軽薄なわたしが入っていいのかね」

と、宮尾も自嘲気味である。

とりあえず、門をくぐって、本堂のほうに向かう。

誰か話ができる坊さんはいないかと、二人できょろきょろしていたら、
と、本堂の正面に、まばゆいばかりの袈裟（けさ）を着た僧侶が姿を見せた。本堂はかなり高く造られていて、入口まで二十段ほどの階段がある。その上に立たれたので、いかにも見下げられた感がある。

「何者かな。そなたたちは」

「ああ、これはご住職。わたしは南町奉行所から来た者でしてね」

宮尾が、歳若い女中に声をかけるときと同じような調子で言った。

するといきなり、

「町方無用！」

住職が喝でも入れるような声で言った。

「いや、無用と言われましても」

「寺は寺社方の管轄。町方に話すいわれはない。お帰りなされ！」

取りつく島はないようだが、宮尾はうっすらと微笑んで、

「お生憎さま」

と、言った。

「お生憎さまじゃと？」

「その寺社方、それも寺社奉行の脇坂淡路守さまから直々の認可状を預かって来ているのですよ。ほらね」

宮尾は、脇坂直筆の書状を広げて見せた。

「なんと、脇坂さまから……」

巷の悪党が、根岸肥前守の名前を出されたときのように、顔をぴくぴくさせた。

宮尾は書状を見せながら、二十段ほどの階段を上り、住職と向き合った。下から見上げると威圧感があったが、まっすぐ向き合うと、意外に若くて三十前後といったあたりで、おまけになかなか親しみやすい顔をしている。とくに、目の周辺に皺がなく、いままでの人生であまり険しい表情をしてこなかったのかもしれない。

「脇坂さまにお会いしたことは？」

と、宮尾が訊いた。

「いや、ありません。が、とにかく怖い人だと」

先ほどの威勢はどこに消えたかというくらい、おどおどしている。

「ところが、じっさいお会いすると、そんなことはなくて、人情味もお持ちの方なんだよ」

そう言って、脇坂の書状を畳み、袂（たもと）へと仕舞った。

「そうなのか」

とは言ったが、住職は威厳を回復できていない。

「ま、それはいいとして、こちらの寺は、信濃上田藩のお殿さまの菩提寺（ぼだいじ）かなにかで？」

「いや、そんなことはない」

住職は首を横に振った。

「でも、何日か前だったけど、上田藩邸から早桶が四つ、運び込まれたよね？　それも夜中にそっと」

「ああ、その件か。あれは、上田藩邸の用人をなさっている川路頼母（かわじたのも）さまから頼まれたのだ。国許（くにもと）の墓に納めたいが、とりあえずここで経をあげてもらい、焼いてお骨にするところまでと言うので、お引き受けした」

「そうなんだ。でも、いきなり四つだよ。変だとは思わなかった？」

「そりゃ、まあ」

「思わないほうがおかしいわな」

後ろで椀田がニヤニヤし出した。いつもの宮尾の会話になってきたのだ。

「見たのかい？　遺体は？」

宮尾は、ミミズの死骸について語るような、軽い調子で訊く。

「チラッとは」

「バッサリ？」

「いや。そういうのではなかった。あれは、刺されたのではないかな。それと、顔にも傷があったが、もしかしたら手裏剣（しゅりけん）でも刺さったのかも」

「手裏剣？」

宮尾も手裏剣の名手で、それは気になるところである。

「だが、わたしも余計なことは訊けないからね」

と、住職は言った。

「それはそうだよな」

「お殿さまのお手打ちとかなら、あんたが言ったみたいにバッサリだよな。なにかしくじりでもしたなら、これだろ」

と、切腹の真似をして、

「でも、そんな腹の傷はないし、首もつながっていた。なんだったんだろうなとは思ったけど、わたしができるのは化けて出ないよう、一生懸命拝むことだけだから、まあ、それは本気でお経をあげたよ」

「なるほど」

「焼き上げたところまでは見たけど、そのあと国許まで持って行ったかどうかまでは知らないな」

けっこう、よくしゃべる住職である。

宮尾もだんだん打ち解けてきて、

「この寺、凄いね。金箔だらけで。もしかして、金閣寺の末寺？」

などと訊いた。

「金閣寺とはなんのつながりもないよ。前の住職が金の輝きに取り憑かれて、こうなったのさ。この袈裟だって、前の住職のおさがりなんだけど、恥ずかしいよ」

「だよな」

宮尾もうなずいた。当代は、まともな審美眼があるらしい。

「しかも、前の住職は金儲けの相談にも乗ってあげたりしていたみたいで、いまもそういう人が相談に来るんだ」

「乗るんだ？」

「わたしは金儲けなんかわからないよ。といって、金儲けなど考えてはいかんとは言えないんだ。信者を減らすからな。それで、あそこに銭洗い弁天というのを勧請(かんじょう)して、そっちを拝ませるようにしたんだけど」

と、境内(けいだい)の隅を指差した。なるほど、真新しい祠(ほこら)ができている。

「もしかしたら、その件について、脇坂さまから睨まれたのかと思って、さっきは焦ったよ」

「そうだったの」

「しかも、近ごろ、あそこで盗んだ金を洗うと、罪が消えるとかいうでたらめを吹聴(ふいちょう)してるやつもいて、頭を抱えてるんだ」

「そりゃあ、ひどいな」

「ほかにも……」

宮尾はそれから半刻ほど、住職の愚痴を聞く羽目になったのだった。

五

この日も凶四郎は、夜回りに出る前に、いったん南町奉行所に入った。近ごろは、根岸の朝食の席に、同席させてもらうことはなくなっている。それは寂しい気もするが、もちろんよし乃と差し向かいの朝食を犠牲にする気はない。

同心部屋のほうでは、とくに凶四郎への伝達事項はなかったが、奉行の部屋の隣の部屋に、宮尾玄四郎がいたので、

「どうだい、ウグイスとやらの調べは進んでいるかい？」

と、訊いてみた。

「駄目だね。椀田の旦那も、お手上げみたいだよ」

「じゃあ、まだ、お裁きにはかけねえんだ？」

「うん。御前はなにかお考えがおありみたいだよ」

「なるほどな」

「それと、土久呂さんが言っていた上田藩邸の四つの早桶のことは御前も気になさっておられてな」

と、宮尾は金満寺の住職から聞いた話をした。

「ほう。手裏剣の傷跡がね」

「やはり、戦って死んだってことだよね」

「それも、派閥間の闘争だったら、手裏剣なんかは使わねえわな」

「そういうこと」

小声でそんな話をしていたのだが、

「おい、土久呂がいるのか？」

と、根岸から声がかかった。

さすがに、「大耳(おおみみ)」の「赤鬼」である。ないしょ話もできない。

「は。お邪魔して、申し訳ありません」

肩をすくめながら、根岸の部屋に入った。

「邪魔ではない。どうだ、なにか変わったことはないか？　朝飯のとき、土久呂がおらぬので、なにか聞き洩らしたような気がしているのだ」

「は。申し訳ありません。たまには顔を出すようにいたします」

「いや、それはよいのだ」

「それで、とくに申し上げるようなことではないのでしょうが、昨晩、変わった生きものを見かけまして」

「変わった生きもの？」

根岸は、生きものが好きである。可愛がるだけでなく、その生態などについても興味があるらしい。巷の噂をひそかに書き綴(つづ)る『耳袋(みみぶくろ)』にも、生きものについての話題は、しばしば散見できる。

「しかとは確かめていないのですが……」

と、凶四郎はムササビの話をした。

鳥ではないが、空を滑るように飛べること。

江戸にはいないはずであること。

だが、凶四郎だけでなく、ほかにも見た者はいるらしいこと。

「ほう。馬喰町の上を飛んだのだな？」

根岸は興味を示した。

「ええ。源次は箱根で何度も見たことがあるそうですから、間違いはないと思うのですが、なにせ夜のことでしたし」

「昼間に探すことはできるのか？」

「どうですか。ムササビというのは、なんでも昼はじっとしているらしいです」

「そなたは、ムササビの影を見たわけだな？」

「ああ、はい」

「絵にできるか？」

「なんとか」

凶四郎は筆を取り、思い出しながら、夜空を横切った影のかたちを描いた。うまいも下手もない。四角い亀のかたちを塗りつぶしただけである。

「こんなふうだったと思いますが」

それでも自信なさげに言った。

わきに宮尾が来ていて、

「うん、まあ、そんな感じかな」

と、うなずいた。

「あんたは見たことがあるのかい？」

凶四郎が宮尾に訊くと、

「二、三度だけだけどね。むろん、江戸ではなく、御前の御領地で」

宮尾がそう言うと、

「ほう。わしの知行地にも、ムササビがいるのか？」

と、根岸は驚いた。さすがの根岸もムササビは見たことがないらしい。

それから根岸はなにごとか考えているふうだったが、

「だが、カラス猫も影だけだったな」

と、つぶやくように言った。

「はあ」

根岸はなにが言いたいのか。

凶四郎は次の言葉を待った。

「本物でないかもしれぬな」

と、根岸は言った。

「贋物のムササビですか？　剝製かなにかの？」

「いや、剝製は飛ばないだろう」

「すると、凧のようなものですか？」

でなければ、あんなふうにきれいに空は飛べないのではないか。

「平たいカワラケは、風に乗ると、ずいぶん遠くに飛ぶわな」

「ええ」

「あれと同じ理屈で、薄い板かなにかでムササビに似せたかたちのものをつくり、うまく風に乗せてやると、ずいぶん飛ぶかもしれぬぞ。雨傘屋につくらせてみてもいいかな」

根岸がそう言うと、

「雨傘屋は、いま、辰五郎を手伝っているみたいです」

と、宮尾は言った。

「ですが、なんのために？」

凶四郎は訊いた。

「遊びかもしれぬし、単なる悪戯（いたずら）かもしれぬ。あるいは、思わぬ悪事が潜んでいるやもしれぬ」

「悪事だとすると？」

「なにかを運ぶのかな？」

根岸は、はっきりとは言わなかった。だが、このやりとりがなかったら、凶四郎はこの夜に起きようとしていた悪事に気がつかなかったかもしれない。

「運ぶのですか？」

六

この夜——。

凶四郎と源次は、浅草界隈を回り、源次の母親がやっている飲み屋にもちらりと立ち寄り、いつもよりはずいぶん早めに信濃上田藩邸の前を通った。とくに異常はなく、浅草御門を抜け、今宵は馬喰町ではなく、横山町の通りに入った。

竜閑川が近づいてきたころ、手前にある飲み屋から出て来た二人連れの客が、

「炎の親分」

と口にしたような気がした。

「おい、ちょっと待て」

凶四郎は声をかけた。

振り向いた二人の顔は、ずいぶんとふてぶてしい。

「なんです？」

「おめえたちのどっちかが、いま、炎の親分と言わなかったか？」

「炎の親分？　なんですか、それは？」

「言っただろうが」

「あっしは、あの親分と言ったんです。今度、請け負う仕事の棟梁をそう呼んでるんですが、聞き違いでしょう」

聞き違いと言われたら、ぜったい違うとは言い切れない。さっきも、はっきり聞き取ったわけではなかったのだ。だが、

「仕事はなにをしている？」

と、もう一押しした。

「二人とも大工です。今日はそこの現場で働いて、二人で一杯やって、深川の家に帰るところです。なんならいっしょにもう一杯やりますか？」

確かに、通りの斜め向こうに、外枠だけできた建築中の家がある。

「いや、けっこうだ」

「じゃあ、失礼しますよ」

二人連れは手を上げ、千鳥足でいなくなった。かなり飲んだらしい。

「源次は聞いてなかったか？」

「ええ。そっちをのぞいたりしていたもんで」

反対側にも、別の飲み屋があった。

「ふうむ」

「気になるなら、ちっとつけてみましょうよ」

「よし」

 二人が十間ほど向こうを、ふらふらと右に曲がって行くのが見えた。そちらに向かって駆けた。

だが、角を曲がると、二人の姿は消えている。

「旦那はそっちに。あっしはこっちを回ります」

源次はそう言って、横道に飛び込んで行った。

二人はしばらくこの周囲を捜し回ったが、ついに見つからなかった。

「おれの聞き間違えだろう」

と、凶四郎は言った。そう思いたい。

「炎の親分てなんなんです？」

「炎の鍬蔵って悪党がいたんだ。小火を出して、騒ぎになった隙に入り込み、どさくさまぎれに金を盗み出すという手口を使うのさ。ただ、ここ三、四年はおとなしくしているんだがな」

「ははあ」

大工だと言った二人が消えた方角は、昨日、ムササビが飛んだほうに近い。

「そうだ、さっきの飲み屋で聞いてみよう。もしかしたら、やつらの話をなにか聞いていた隣の客などがいたかもしれねえぜ」

「ああ、もうちっと早く、そうすりゃよかったですね」

源次はしまったというふうに、顔をしかめてうなずいた。

店にはまだ客が残っていた。座敷はなく、二十畳分ほどの土間に、適当に樽が並べられているが、七、八人の客が残っている。

奥であるじが料理をしていて、一人だけいる若い娘が、お燗の番と、料理を運ぶ役らしい。

「いらっしゃい」

娘の視線は、源次の顔で止まった。こういうときは、凶四郎より源次が訊いたほうがいい。凶四郎は、顎をしゃくった。

「ちと訊きてえんだがね」

と、源次が言った。

「はい、どうぞ」

「ちっと前に、二人連れがここから出て行ったはずなんだ」

「ああ、二人連れは二組出て行きましたけど」

「一人は腕に赤っぽい彫り物をしていた。もう一人は、右の耳たぶが、千切れたみたいになっていたはずだ」

　後ろで凶四郎が、よく見ていたと感心した。凶四郎のほうは、顔の感じと着物の柄を覚えていたが、それを言わなくても、

「ああ、先に出て行った二人連れですね」

と、娘は言った。

「よく来る客かい？」

　源次が訊いた。

「いいえ。初めてだと思います」

「どんなふうだった？　友だち同士で楽しげだったとか、なにか相談でもしているふうだったとか？」

「ああ、二人ともほとんど口をきかず、黙って酒を飲んでましたね。そういえば、一度だけ、もう四つの鐘は鳴ったかと訊かれました。まだ鳴ってなくて、それで鐘が鳴って少しして出て行ったんです」

　ここまで聞いて、源次は凶四郎を見た。

「何合飲んだ？」

　凶四郎が訊いた。

「二合ずつです。肴は煮物だけでした」

「二合ずつか」

それであんなに千鳥足になるわけがない。あの二人、やはり怪しい。

「ありがとよ」

そう言って、凶四郎が外に出ようとすると、娘は後ろでこう言った。

「親分さん。今度はゆっくり来てくださいね」

七

凶四郎は、昨夜、ムササビが飛んできたあたりを、もう一度、歩き回った。

竜閑川の両岸は、舟荷の揚げ降ろしができる河岸になっていて、かなりの大店が軒を並べている。凶四郎はそのうちの一軒の前で足を止め、頭上の看板を指差して、

「おいおい、源次、ここは油問屋だぜ。まずいな」

と、言った。

看板には、〈油卸　郡上屋〉と書かれている。

「油問屋だとまずいんですか？」

「燃えやすいだろうよ」

「燃えやすい？」

「ムササビが飛んでくるかもしれねえぜ。わからねえかい？」

凶四郎は言った。

源次は少し考えて、

「ムササビに火種をつけて、ここへ飛ばそうというわけですか？」

「ああ。赤いムササビが飛ぶんだよ。それで、どう飛ばせば、うまくこのなかに落ちるか、いろいろ試してみたんだろうな」

「そういうことですか」

「昨夜のムササビは、このなかに入ったんだ」

「だから、見つからなかったんですね」

源次は悔しげに顔を歪めた。

「だが、昨夜のムササビは赤くはなかったよな」

「火種がなかったからですね」

「そういうこと」

「でも、昨夜のやつでお試しが終わっているとすれば……旦那！」

「ああ。今日、さっそく襲撃があるかもしれねえな」

「何人くらいで押し込んで来るつもりでしょう？」

「たいがい、七、八人というところだろうな」

「そっちの番屋に行って、援軍を頼んで来ましょうか？」

と、源次は訊いた。八対二はさすがにつらい。

「それより、ここの店に報せるのが先だろうな。いまは四つくらいか？」

「さっき、鐘が鳴ってました」

「まだ、そろばんを弾いている手代がいるかもしれねえ」

そう言って、凶四郎は十手の柄のほうで、表戸を叩き始めた。

十回も叩かないうちに、

「なんだい？」

と、なかで声がした。

「南町奉行所の土久呂って者だ。急ぎの話がある。開けてくれ」

潜り戸がかすかに開けられた。

「ほんとに町方のお人で？」

「ほれ」

凶四郎が十手を見せ、わきから源次も突き出した。

潜り戸が開けられ、

「どうしたので？」

と、手代らしき男が訊いた。その後ろには、帳簿をつけている手伝いでもしていたのか、賢そうな小僧もいる。

凶四郎と源次はすばやくなかに入り、

「ちと訊ねるが、この数日中に、この家のどこかに、ムササビのかたちをした平たいものが落ちたりしていなかったかい？」

「ムササビ？　ああ、あれですか」

「あったのか？」

「ええ。てっきり亀かと思ってましたが、ムササビでしたか。梅吉。今朝、中庭に落ちてたあれを持って来てくれ」

「あ、あれ……ええと……」

梅吉と呼ばれた小僧は口ごもった。

「どうしたんだ？」

「あれは玩具かと思って、定吉といっしょに遊んでいて、壊してしまいました」

「馬鹿」

と、叱る手代を、

「もう、いい」

と、凶四郎はなだめ、

「それよりすぐに旦那を起こして来てくれ。ここに押し込みが入るかもしれねえ」

「なんですって」

小僧が慌てて奥に飛んで行き、そのあいだに手代は、店の数か所にろうそくを灯した。明るくするだけでも、防備の手助けになる。

「なんだ、どうしたんだ？」

旦那が、両手に丸太ン棒を持って現われた。小僧がなんと伝えたのかはわからないが、ただちに実戦に入るつもりだったらしい。五十くらいだが、身体つきもがっちりして、いざ戦闘ともなれば、かなり役に立ってくれそうである。

「南町奉行所の土久呂という者だが、今夜、ここへ赤いムササビが飛んで来るかもしれないんでね」

「なんですか、それは？」

凶四郎は手っ取り早く、赤いムササビと炎の鍬蔵のことを話した。

「わかりました。どうすればいいでしょう？」

「いま、ここにいるのは？」

「手代があと一人に小僧が一人。それと女中に、あとはわたしの家族だけです。子どもは十七の娘と十四と八つの倅（せがれ）ですが、あまり役には立たないでしょう」

「では、男衆を起こしてもらって、赤いムササビが飛んできたら、すぐに火を消せるよう、水や砂、あとは刺し子半纏（ばんてん）みたいなものがあればいいな、それらを用意してもらおう。飛んでくるのは、昨夜と同じあたりだろうな」

「大丈夫です。うちは、油屋ですので、つねづね火の用心は怠っておりませんから。おい、松蔵、梅吉！」

「ただいま」

二人は奥に駆け込んで行った。

さほど時を待たず、手代二人が中庭を中心に水や砂が入った手桶を置き、水で濡らした刺し子半纏を旦那にも手渡した。

そのようすを見て、

「大変けっこうだ」

と、凶四郎はうなずき、

「連中は、赤いムササビを飛ばしたあと、騒ぎが始まるのを待って、飛び込んでくるはずだ。だが、炎が上がらなければ、飛び込んでは来られない。そこらでうろうろし出すだろう。そのようすを窺っておいて、こっちから召し捕りに出るつもりだ」

「わかりました。手前どももできるだけお手伝いします。松蔵、武器になるようなものをここに集めて来ておくれ」

「はい」

たちまち、丸太ン棒やら木刀、物干し竿に火箸までずらりと並べられた。

「けっこうじゃないの」

と、凶四郎は苦笑し、

「ここから人が上れる高い場所というと、火の見櫓か？」

「火の見櫓は向こうにありますが、そこは出入口にカギが掛かっているので、上がるにはひと騒動起こさないといけないと思います」

と、旦那は言った。

「なるほど。それはやらねえな」

「それより、すぐそっちの神社の境内に、大きなケヤキがありまして、あれだとかなり高いところまで上れるはずです」

「どっちだい？」

「そっちの窓から見えますよ」

旦那に教えられ、板戸をそっと開けると、なるほど一軒置いた向こう側に、大きなケヤキが聳(そび)え立っている。しかも、上のほうには、人影も見えているではないか。

「お、来るぜ」

昨夜、見た位置とほとんど同じあたりを、今宵は腹が赤くなったムササビが飛んで来た。

カタッ。

ムササビはよほど軽くできているのだろう。さほど大きな音ではない。それは、中庭のほうの庇に当たり、そこで燃え始めた。空気は乾いており、まさか庇に油を塗ったりはしていないだろうが、よく燃え上がっている。

「消すんだ」

あるじの声で、いっせいに水がかけられ、火はすぐに消えた。

「その内側にも油の樽がありますから、気づかなかったら、たちまち燃え上がっていたでしょうね。助かりました」

あるじが頭を下げた。

「なあに、そんなことより、おれたちは炎の鍬蔵を捕縛しなくちゃならねえ。やつらと戦わなくてもいいが、大声を出してもらいたい。それと、おれたちが動けなくした野郎を、縛り上げるくらいは手伝ってもらいたい」

「お安い御用です」

凶四郎と源次は、店のなかから、外のようすを窺った。

案の定、店の向かい側に六人ほどの男たちが集まって来ている。火が上がって、店の者が飛び出してきて、右往左往するのを待っているのだ。それぞれ、匕首を隠しているくらいで、たいした武器は持っていそうもない。

なかなか火が上がらないので、どうしたのかと、店に近づいて来た。いちばん先頭にいる、一人だけ、尻をからげていないのが鍬蔵だろう。

「よし、行くぞ」

潜り戸を開け、凶四郎と源次がいっきに飛び出した。

「うわっ」

鍬蔵一味は驚き、てんでんばらばらに逃げ始めた。

凶四郎たちの後ろでは、外に出た郡上屋のあるじや手代が、

「火付けだ！　押し込みだ！」

と、大声で騒いでいる。

凶四郎は鍬蔵を追う。その鍬蔵を守ろうと、あいだに入ってきたのは、さっき飲み屋から出て来たかたわれである。

「邪魔だ」

凶四郎は低くしゃがみ込むようにして、男の脛(すね)を峰に返した刀で叩いた。

「ぎゃっ」

男は悲鳴を上げてひっくり返る。そこへ、郡上屋のあるじが飛び出してきて、丸太ン棒でさらに足をぶっ叩いた。

「おい、炎の鍬蔵！」

逃げて行く鍬蔵を追いながら、凶四郎は名を呼んだ。

「糞っ」

鍬蔵が振り向き、立ち止まると、匕首を振りかざした。

だが、それよりも早く、凶四郎の刀の先が、鍬蔵の喉元に当てられていた。

「ううっ」

「観念しな」

がくりと、鍬蔵の膝が落ちた。


六人のうち、一人だけ竜閑川に飛び込んで、行方がわからないという。だが、川の水はまだ冷たく、土左衛門(どざえもん)になって引き揚げられるのが関の山ではないか。

後ろ手に縛り上げられ、地べたにしゃがみ込んだままの鍬蔵が、凶四郎を見上げて、

「夜回り同心が。糞ったれ」

と、毒づいた。

「おう、おれのことを知っててくれたのかい?」

「ずっと邪魔っけな野郎だと思ってたぜ」

「ふっふっふ。だが、おめえが火付けから押し込みをする手口は知っていたけど、あんなムササビのつくりものを利用するなどとは思わなかったよ。ずいぶん洒落た

ことを考えたじゃねえか」

「生憎だが、おれの考えたことじゃねえ」

「誰が考えたんだ？」

「深川の十万坪でやってたやつらを、たまたま見かけたのさ。これは使えると思って真似してみたけど、逆に悪目立ちしちまったみてえだ。しくじったぜ」

「深川十万坪で……」

凶四郎は、その連中のことが気になった。

八

翌朝――。

しめは、南町奉行所には向かわず、近くの三河町に住む、怪我をした福福田の板長の栗平を見舞った。福福田は廃業することになったので、栗平は、元いた家にもどっているのだ。

「清香親分。忙しいのに、わざわざ、すみませんね」

もう頭にさらしは巻いていない。が、額のあたりにも傷があり、それは赤黒いカサブタになっている。

「なあに、気にしないでおくれ。それより、どうだい傷は？」

しめは、頭をのぞき込むようにして訊いた。

「ええ。もう、大丈夫です。ただ、月代はまだ剃れねえんで、伸ばしっぱなしにしてますが」

「頭を斬られて、軽い傷で済んだのは幸いだったね」

「まったくです。下手したら、いまごろはあの世に行ってるところでした」

「うん」

「ところで、親分、あの福福田に、近ごろ、人が出入りしているらしいですね」

「あそこに？」

「昨日、女中が見舞いに来てくれたときに言ってたんですが、けっこうな人数が出入りしてるとかって」

「そうなの？」

「まさか、もう、あそこじゃ商売はできねえと思うのですが」

「なんのつもりなんだろうね」

栗平の家を出たあと、しめはなんだか気になってきた。

この数日、辰五郎の仕事の見張り役に駆り出され、今日も夕方から雨傘屋と交代することになっているが、しめの健脚なら深川を往復するくらいは大丈夫である。

——ちょっとだけ……。

と、見に行ってみることにした。

今日は竪川（たてかわ）から大横川沿いに歩き、新高橋（しんたかばし）を渡ってちょっと進むと、なるほど看板を外した福福田の建物に、何人かの町人が、出入りしているではないか。焼けたり、壊れたりしたところを直すというより、なにかを運び込んでいるみたいである。

「あんたたち、なに、してるんだい？」

と、しめは十手をぶらぶらさせながら、声をかけた。

「いえね。ここは料亭だったんですが、なんだか斬り合いみたいなことがあって、商売をやめるみたいなんですよ。それで、あっしらがしばらく使わしてもらうことにしたんです」

答えた男は、真っ黒く日焼けしているが、話し方は町人のように低姿勢である。

「こんなところで、なに、するんだい？」

「商売ですよ」

「だから、なんの商売かって訊いてるんだよ」

「ええ、駕籠屋でもやりますかね」

そう言いながら、男がちらりと建物の裏手に目をやったのがわかった。

高い塀の向こうには、大樹が繁る森が見えている。

そういえば、昨夜、たまたまここの場所を切絵図で確かめたのを思い出した。

そのとき、気づいたのである。ここの隣は、信濃上田藩の下屋敷だったのだ。

——もしかしたら、土久呂が言っていた、夜中に四つの早桶が出た話と関わりがあるのではないか……。

いま、ようやくそれに気がついた。

だが、それを問い質すのはまずい。

「なるほどね。じゃあ、まあ、しっかりやってくんな」

そう言って、しめはしらばくれて帰ろうとした。

ところが、その男はしめの前に立ちはだかった。

「生憎ですが、帰すことはできませんぜ」

「なんだって」

十手を振り回そうとしたが、その手はがっちり押さえられていた。数人を見た限りではやくざではない。町人ふうにしていても、日焼けした肌や、乱雑な髷は、百姓のそれである。百姓たちが、福福田だった建物に入り込んで、隣の下屋敷になにをしようとしているのか。もしかしたら、あの一連の万年青の騒ぎは、この料亭を使うために仕組まれたことだったのではないか。

しめの頭が回り出したが、すでに遅い。

「手を離せ」

「いいから、おとなしくしな、婆さん」

なかの一人が、顔を近づけて言った。

しめはカッとなった。婆さんなどという台詞は誰にも言わせない。

「あたしを舐めんじゃないよ！」

そう言った途端、みぞおちに突きを入れられ、しめは倒れ込んでいった。

第四章　フクロウの野心

一

凶四郎と源次が、日本橋周辺を丹念に見て回りながら、大通りの十軒店(じっけんだな)のあたりに出て来たときだった。

「あれ、向こうから来るのは、椀田の旦那たちじゃないですか」

と、室町のほうを指差して、源次が言った。

「ほんとだ」

椀田の巨体は遠くからでも見やすいのだ。

「お奉行もいっしょかい?」

凶四郎も夜目は利(き)くつもりだが、源次はさらに凄い。

「いやあ、いっしょにいるのは宮尾さまと雨傘屋ですね」

「ふうん。しめさんと、かくれんぼでもしてるのかね」

凶四郎は冗談でそう言ったのだが、近づいて来た椀田が、

「しめさんがいなくなったらしいぞ」

と、眉根に皺を寄せて言った。

「いなくなった？」

もちろん、かくれんぼのわけがない。

「今日は、辰五郎親分の手伝いで、辻斬りの疑いがある浪人者の見張りをすることになってまして、夕方七つ（午後四時）くらいにあっしとしめ親分が交代するはずだったんです」

と、雨傘屋が言った。

「来ないのか？」

「ええ。それで、家を見てきたんですが、いませんし、筆屋のほうにもなにも言ってないというので、不安になりまして」

「それは変だな」

しめは、ああ見えてたいそう几帳面で律儀な心根の女で、約束をすっぽかすようなことはぜったいにしない。それどころか、約束の四半刻（三十分）前には、現場に来ていたりする。すでに暮れ六つ（午後六時）から一刻ほど経っているから、か

れこれ二刻(四時間)ほど、行方がわからないことになる。

子どもでも心配だが、約束の多い大人のほうが、もっとあり得ない事態である。

「それで急いでお奉行さまにお伝えすると、すぐに椀田さまと宮尾さまを差し向けてくださいまして」

「そういうわけだ」

と、椀田は言った。

「しめさんが、いま、関わっているのは?」

凶四郎が雨傘屋に訊いた。

「とくにないんです。それで、辰五郎親分を手伝っているくらいで」

「ニワトリがどうしたとかは、解決したんだよな?」

凶四郎にも、しめたちが関わる事件については、かならず伝わるような連絡網はできあがっている。

「ええ。あれは、とくに面倒なこともなかったですし」

「万年青の件は?」

「あれは、ほぼケリがついたし、わからねえところは、おいらとお奉行が引き受けて、しめさんはもう関わっちゃいないんだ」

と、椀田が言った。

「カラス猫とフクロウ姫のことはしめさんも知ってるよな?」

凶四郎がそう言うと、

「知ってはいますが、それはお大名家のことですから、あっしらはまったく関わっちゃいません。変に突っつくとまずいことになると、親分のほうがそう言っていたくらいです」

雨傘屋が答えた。

「そうか。とすると、しめさんに恨みでも抱いているやつは……?」

「とくに思い当たるのはいないんですよ。もっとも、あっしらは、悪党たちからしたら、いなくなってもらいたい邪魔者なんでしょうが」

「そりゃそうだ」

と、凶四郎はうなずいた。

だが、思っても町方の人間に対して、じっさいになにかしてくるやつは、そうはいないのである。

「辰五郎が見張っている浪人者は、そっちの神田堀（かんだぼり）の裏に住んでいるらしいので、その界隈までは来ていたんじゃねえかと思うんだ。それで、そこらを探してみるつもりだがな」

椀田が苛々したように言った。

「その、辻斬りらしき浪人者というのは怪しくねえのか?」

凶四郎は訊いた。

「ええ。ずっと長屋にいましたから」

「しめさんのいきつけの飲み屋とか、髪結いとか、湯屋とかは?」

凶四郎はさらに訊いた。

「もちろん捜しました」

「ふうむ」

となると、凶四郎にも思い当たることはない。

「女の気持ちがいちばんわかるのは?」

と、凶四郎は宮尾を見た。

「わたし? それは誤解だよ、土久呂さん。軽い調子で話しかけるのが得意なだけで、女の気持ちなんか、じつは猫の言葉ほどもわかっていないんだよ」

宮尾は情けなさそうな顔で言った。確かに、この顔を見ると、女のほうからなんでも話したくなるのだろう。

「親分は、ああいう人ですので、とにかく根岸さまのために手柄を立てたいという一心ですからね。たぶん、そういうことで動いていたとは思うんですが」

雨傘屋は、ふだんあれだけきつい厭味を言われたりしていても、本気でしめのことを心配しているらしい。

「わかった。おれたちもしめさんのことを気にかけながら、回ってみるよ」

凶四郎はそう言って、椀田たちと別れた。

根岸もさぞかし心配しているはずだった。

二

そのころ——。

しめはとらわれの身になっていた。

元福福田の二階の一室である。いちばん奥は、あの騒ぎの元になった万年青が置かれていた部屋だが、ここはその一つか二つ手前の部屋になる。

後ろ手に縛られている。が、足は縛られていないし、猿ぐつわもない。だが、逃げようとしても、廊下の向こうの部屋で年寄りがこっちを見ているので、なにかあれば騒ぎ出すのだろう。誰かに助けを求めても、板戸が閉まっていて、通りにはたいして聞こえないし、せいぜいまたみぞおちを殴られて気を失うくらいに違いない。

ただ、むやみに危害を加えられる気配はまったくない。おそらく自分たちのことを話されると困るというだけなのだろう。あのとき、十手など見せなければよかったと、しめは後悔していた。

「おい、腹が減っただろう」

と、男が下から皿に載せた大きな握り飯を一つ持ってきた。

仲間から、〈きもいりさま〉と呼ばれている男である。

歳は四十半ばといったあたりか。つねに穏やかな表情をしていて、仲間内で人望もあるらしい。

きもいりは、しめの縄をほどき、早く食えと言うように、握り飯を手渡して寄こした。

腹は減っているので、握り飯に食らいつきながら、

と、しめは話しかけた。

「きもいりさんよ」

「なんだい?」

「あんたたち、いったい、なにをしようとしてるんだい?」

「なんだろうね」

と、きもいりは笑ってとぼけた。

「隣の屋敷になにかするつもりなんだろう?」

「隣の屋敷?」

「信濃上田藩の下屋敷だろ?」

「ほう。よくわかってるじゃねえか。さすが、女だてらに十手なんか預かっているだけあるな」

「でも、あんたたちは、ただの押し込みじゃないんだよな」

「そうなのか？」

「ああ。だって押し込みなら、金のありそうな大店に押し込むわな。お大名の下屋敷にも大金はあるのかもしれないけど、相手はお侍だ。『出合え、出合え』と騒がれると、刀だの槍だのを持った藩士が駆けつけてきて、あんたたちのほうがやられちまうだろうよ」

「ふっふっふ。ほんとだよな」

　きもいりは、承知のうえらしい。

「金が目的じゃないとなると怨恨かい？　敵討ちかなにかかい？　あんたたち、ほんとは武士だったりするのかい？」

　しめがしつこく訊くと、

「教えてもいいんだが、じつは、おれたちも知りたいことがあるんだ。取引ということにしようじゃねえか」

　と、きもいりは真剣な顔になって言った。

「取引とはなんだい？」

「ウグイスというおれたちの仲間が、あんたらに捕まっちまったよな」

「そりゃそうさ。ここのあるじを殺すように仕向けたのは、あいつなんだから」

「殺すまではするはずじゃなかったんだよ。勝三郎ってやくざにここへ乗り込ませて、暴れさせ、ここを無茶苦茶にして、料亭として使えなくさせるってのが、おれたちの狙いだったんだが、あのあるじも変に気が強いもんだから、結局、勝三郎に刺される羽目になっちまった。ちっと話のなりゆきが変わっちまったんだが」

「まるで、あんたが筋書きを描いたみたいじゃないか」

「だいたいのところはね」

「ふうん」

とすると、やはりこのきもいりが、頭領格らしい。となると、ウグイスの罪状もかなり違ってきそうである。もしかしたら、お奉行さまはそこらまで見破って、なかなか裁きにかけずにいたのかもしれない。

「それで、ウグイスというのは、仲間内でも大事な腕利きでね」

「ウグイスの谷渡りをやるからね」

「そういうこと。それで探りを入れたんだが、どうも小伝馬町の牢にはいないみたいなんだ。大番屋にもいねえ。まさか、もう、小塚原に送られたってことはねえよな？」

小塚原と言ったとき、きもいりはつらそうに眉をしかめた。

「ああ、それか」

「婆さん、知ってるのか？」

「おいおい、江戸でただ一人の女岡っ引きに向かって、婆さんとはなんだい！　舐めるんじゃないよ」

「おう、親分。すまねえ。知ってるなら、教えてくれ。教えてくれたら、おれたちの狙いも教えるよ」

「ウグイスの居場所をな……」

しめは考えた。

教えても、どうせ牢破りなどできるわけないのである。それよりは、この連中がなにをしようとしているかを知りたい。それを探り出し、どうにかしてここを抜け出して、お奉行さまに報せたい。

「奉行所の牢に入れてあるよ」

と、しめは言った。

「奉行所の牢？　あのなかにも牢があるのか？　罪人は皆、小伝馬町の牢に送られるんじゃねえのか？」

ふつうはそうなのである。

「ところが、特別な罪人は奉行所の牢に入れておくのさ。お奉行さまは、ウグイスのことをご自身でじっくり調べ上げたいんだろうね」

「そうだったんだ」

きもいりはそう言うと、ほかの仲間のところに行き、なにか相談していた。

「なんだい。次はきもいりさんの番だろう」

と、しめが声をかけても、仲間がさらに加わり、四人ほどで相談をつづけた。

——言うんじゃなかったかね。

しめは不安になり、後悔し出した。だが、あの根岸が統括する南町奉行所である。椀田さまや土久呂さま、栗田(くりた)さまのほかにも腕利きの同心は大勢いるし、宮尾さまのような根岸さま直々の家来もいる。こんな田舎臭い連中がなにかできるはずがないと、しめは思い直した。

相談が終わったらしく、きもいりはこっちにもどって来た。

「さあ、次はきもいりさんの番だよ」

「わかってる。わたしは約束を守る。わたしたちがしようとしているのは一揆(いっき)、百姓一揆なんだよ」

「百姓一揆だって？」

江戸っ子のしめには、まるで縁のなかった言葉である。

「そう。わたしたちは、信濃上田藩にあった真田村というところの百姓なのだ。村人は二百人足らずの山に囲まれた小さな村だったよ」

「だった？」

「もう、あの村はなくなっちまった」

「そうなのかい」

「米の取れ高は年貢を納めるのが精一杯といったくらいだったが、ほかにそばだの柿だの栗だのと収穫できるものが多くて、暮らし自体は豊かといっていいくらいだった。ところが、三年前に浅間山が爆発して、わたしたちの村にとんでもない量の灰が降り積もったんだよ」

「浅間山……」

しめも聞いたことがある。だが、大爆発したのは何十年も前のことだった。江戸でも灰が降ったのは、しめも覚えている。

「二十年前の大爆発ほどじゃなかったが、それでもかなりの灰を撒き散らしたのさ」

「そうだったの」

「いまも、小さい爆発はつづいていて、江戸の連中は気づいていないが、細かい灰が飛んで来てるぜ」

「そういえば、洗濯物に砂みたいなものがつくと、娘が言ってたよ」

「その灰のせいで、三年前に米はもちろん、ほかの作物もぜんぶやられちまった。ところが、年貢は免除してもらえない」

「どうなったんだい？」

「代わりに荷役に出されたり、女子どもは人買いに連れて行かれたり、そりゃあひどいものだった。耐え切れなくなったわたしたちは一揆を起こそうと思ったが、なにせ皆、食うや食わずだ。暴れることもできねえ。結局、村のほとんどの者は土地を手放し、江戸に出て来たのさ。それでも、江戸まで無事に辿りついたのは、五十人くらいだったよ。身体の弱い者から、餓死していった。看取ったときの辛さは、江戸の連中にはわからないだろうね」

「はあ」

わかる気はするが、それは言えない。

「江戸に出て来たら、藩のお侍は、国許の惨状などどこ吹く風という贅沢な暮らしをしていることも知ったよ」

「なるほどね」

「しかも、あたしらを苦しめた藩の偉い人が、江戸詰めになって出て来たこともわかった。憎しみがこみ上げてきてね。飢えて死んでいった女子どもたちの敵を討ちたいと、そういうことなのさ」

「なんてこった」

「だから、敵討ちが終わったら、女親分は解き放してやるよ」

きもいりはそう言うと、ふたたびしめの腕を後ろに回して縛り上げ、階段を下りて行った。

三

凶四郎と源次は、信濃上田藩邸の前にやって来た。今宵は、外神田まで見て回り、最後にここへ来るつもりだったが、しめのことが気になってきたのである。

「なあ、源次。しめさんも、カラス猫とフクロウ姫のことは、いくら支配違いのことはいえ、気にはしてたと思わねえか？」

「そりゃあ、気にするでしょう」

「関われなくても、見てみたいくらいは思うよな」

「思うでしょうね」

「とすると、ここらに来ていたというのも考えられなくはねえだろう」

「確かに」

ということで、まずは浅草瓦町の番屋で訊いてみることにした。

当番の町役人は、凶四郎も顔なじみで、

「よう。うちのしめさんは知ってるよな？」

と、声をかけた。

「そりゃあ、番屋に出入りする者で、しめ親分を知らない者はいませんよ」

「やっぱり目立つんだな、女岡っ引きというのは。それで、そのしめさんが、今日、ここに立ち寄ったりはしてねえかい？」

「いやあ、いらしてないですね」

「あんたはずっといたのかい？」

「暮れ六つから入りましたが」

町役人がそう言うと、それまで御用提灯の貼り替えをしていた番太郎が、

「あっしはその前からいましたが、しめ親分は見てません」

と、言った。

そのときである。番屋の外で、

「姫さま。お待ちを！」

という切羽詰まった声がした。

凶四郎と源次は、すぐに戸を開けて外を見た。番屋の斜め向こうにある信濃上田藩の上屋敷の正門が開き、いまにも黒塗りの駕籠が出て来ようとしている。

だが、その前に、二人の藩士が回り込んでいた。駕籠の提灯に灯が入っていない

ので、こっちの番屋の明かりが照らすだけだが、人の動きは見えている。

そのようすを見て、

「どうしたのかな？」

と、土久呂が言うと、

「土久呂さま。関わりにならないほうがよございますよ。なんだか、おかしなお屋敷のことですので」

後ろから町役人が声をひそめて言った。

「おかしな屋敷？」

「通いの女中や飯炊き婆さんから聞いてるんですが、変な姫がいたり、国許の百姓らしき連中がここを見張ったりしてるんです。そのうち、なんか起きるんじゃないかと言ってるんですよ」

「ふうん」

止められた駕籠だが、付き添った二人の小者らしき男たちが、藩士を押しのけようとしている。

「きさまら、なんのつもりだ」

藩士が小者たちを叱責した。すると、

「かまわぬ。出しなさい。邪魔するでない！」

駕籠のなかから怒りを帯びた声がした。あのとき聞いた笑い声と同じ声ではないか。さほど若々しい声ではない。少しかすれた感じもある。

「どちらにお出かけです？」

藩士の片割れが訊いた。

「どこでもよい。わらわの用事だ」

「だが、ご家老さまから、姫さまを外に出してはならぬと仰せつかっておりますので」

「そなたたちに、わらわを止めることはできぬ」

「いえ。なんとしてもお止めします」

二人の藩士は刀に手をかけた。

このなりゆきに、

「おいおい」

と、凶四郎は源次を見た。割って入ろうか、迷っているのだ。

「でも、旦那、支配違いのことですよ。しかも、駕籠はまだ、半分は門のなかですし」

「だよな」

江戸の町人が関わっているならともかく、支配違いのことである。町方としては、ここは見守るしかない。

「なんじゃ。そのほうども。わらわに手をかけるつもりか」

その声とともに、駕籠の戸が開いた。

「ううっ」

二人の藩士はたじろいだように、数歩後じさりした。

小者が履き物を置くと、足からゆっくりとなかの姫が姿を見せた。髷を結っていない。長い髪を、洗い髪のように下ろし、真ん中で分けている。俯くように頭を下げて、駕籠から外に出ると、駕籠の屋根に手をかけ、藩邸のなかのほうを見た。ここから見る分には、なかには誰も見当たらない。

土久呂たちからすると、姫は背中を見せている。駕籠かき二人はひれ伏し、二人の藩士も、お付きの小者も、こっちに背を見せる恰好になっている。

「痴れ者どもめが。わらわには、フクロウの化身が入り込んでいるのじゃ。すなわち、わらわはすべてを見通すことができるのじゃ」

そう言うと、姫はゆっくりこちらを振り向いた。

首は途中で止まらない。なんと首が真後ろを見る恰好になったではないか。

夜に浮かび上がる、真っ白い顔。フクロウのように大きな目。

その不気味なことといったら！　まさに、自ら言ったように、この姫はフクロウの化身ではないか。

藩士二人が、

「うぇっ」

悲鳴のような声を上げて、地面にひれ伏した。

「参るぞ！」

そう言うと、姫は顔を元にもどし、ふたたび駕籠に乗り込んだ。駕籠かきが慌てて駕籠を担ぎ、駕籠は動き出した。凶四郎たちが見つめるなかを、一行はしずしずと横切って行く。藩士たちの制止を振り切って、姫はどこへ行くというのか。

「おい、源次」

「ええ。追いかけましょう」

ところが、藩士二人がまだひれ伏しているあいだに、屋敷の門の周りで火の手が上がり始めた。

「火事だ、火事だ！」

藩邸の門番だけでなく、番太郎や町役人も慌てふためいている。凶四郎が咄嗟に思ったのは、あの小者たちが、ごたごたしているさなかに、火薬玉のようなものを仕掛けておいたのではないということだった。ぱちぱちとはぜる炎には、ふつうの炎にはない勢いがある。

「旦那。燃え広がるとまずいでしょう」

源次が言った。

「ああ。ここは、火事を消すほうが大事だな」

この半月以上、江戸では雨がない。大気はカラカラに乾いているし、今宵は風もある。大火になれば、フクロウ姫どころではない。

凶四郎は、番屋の用水桶で小火に水をかけるのを手伝いながら、遠ざかる駕籠を悔しそうに見やった。

四

こちらは南町奉行所である。

刻限は夜四つ（午後十時）くらいになっている。

根岸はまだ、私邸にもどらない。夕飯もこちらで食べ、目を通さなければならない書類の山に首っ引きである。

先ほど、松平定信から使いが来た。

「御前が、根岸さまがお暇なら、ぜひ遊びに来いと申しておりまして。面白い話があるらしくて」

「生憎ですが」

「ですよね」

「御前が、こちらに足をお運びになることは？」

定信は、腰が軽い。興味があることなら、人を呼びつけるより、自ら足を運ぶ。ただし、夜中だろうが、朝いちばんだろうが、相手の都合はおかまいなしである。面白い話なら、いきなりこちらに来ても不思議ではない。

「それが、客人がお越しになることになってまして」

「なるほど。その客人が面白い人なのかな？」

「だと思います。どうも、根岸さまにもご紹介したいみたいでしたから」

多少の興味は湧いたが、帰ってもらった。

ふたたび没頭していると、

「御前。塀の向こうで、ウグイスが鳴いていますね」

と、甲本善弥（こうもとぜんや）という根岸家の家来が言った。

「ウグイスが？」

「あ、ほら」

根岸には聞こえない。どうもこの数年で、いくぶん耳が遠くなった気がする。自慢の耳の袋も、老いてきたということか。

「どれどれ」

戸を開けて、廊下に出て、さらに板戸を開けた。

ホーホケキョ。

と、今度は聞こえた。

「ほんとだな」

「やっとウグイスが来たということでしょうか」

また鳴いた。だが、なにか、違う気がする。

「本物かな？」

「誰かの鳴き真似ですか？」

「人の口笛かもしれぬ」

そう言ってから、

——もしかして、ウグイスへの合図ではないか？

と、思い至った。

「ウグイスの仲間でも来たのでしょうか」

「うむ。甲本。牢にいるウグイスを連れて来てくれ」

「わかりました」

甲本は戸惑ったような顔で、牢のあるほうへ向かった。

——大丈夫かな。

根岸は心配になった。椀田と宮尾はいない。しめを捜しに出たままである。もどっていないということは、まだ見つかっていないのだろう。

甲本は、おもに書き物の手伝いをさせていて、武術のほうはいささか頼りない。近くにいた中間も呼んで、後を追わせた。

ウグイスはまだ鳴いている。

――やはり、出すのはやめようか。

根岸はそう思い、立ち上がって、牢のほうへ向かった。

廊下を曲がったとき、

「逃げられました！」

悲鳴のような甲本の声が聞こえた。

「やっぱり」

後悔したが、もう遅い。

根岸は、そちらに向かわず、門のほうへ、

「門は閉めてあるな？　罪人が逃げたぞ！」

と、怒鳴った。

宿直の者や、まだ仕事中の同心たちがいっせいに部屋から飛び出して来た。

「どこだ」

「裏手に逃げたようだ」

「なんと」

大騒ぎとなった。

奉行所のなかで、御用提灯があちこちで動き回っている。こんな光景は、老練の同心たちでも初めて見たに違いない。

「根岸さまの私邸のほうだ」

「追い詰めろ」

奉行所は高い塀で囲まれている。逃れられるはずはないのである。

根岸は渡り廊下を私邸のほうに駆けた。

根岸家の女中たちは、さすがに気丈である。皆、すばやく襷（たすき）がけをして、なかには薙刀（なぎなた）まで持ち出している者もいる。

「いました!」

「あそこだ!」

私邸の庭の隅に怪しい影があった。

「動くな。神妙にしろ!」

ところが、その影は塀の手前から駆け出したかと思うと、高々と宙を舞い、塀の外へと逃れ出てしまった。庭にあった物干し竿を巧みに利用した、まさにウグイスの谷渡りの技だった。

「しまった」

塀の向こうで、

「ホーホケキョ」

「ホーホケキョ」

二羽のウグイスが鳴き交わす声が聞こえてきた。

五

それからしばらくして、椀田と宮尾が、雨傘屋を伴ってもどって来た。

奉行所のようすがおかしいので、すぐに根岸のところへ行くと、

「ウグイスに逃げられた」

そう言うではないか。

「牢を破られたので？」

椀田が驚いて訊いた。

「いや、違う。じつは……」

と、根岸は簡単に事情を説明し、

「わしのせいだ。ぬかった」

若い甲本をかばった。甲本は、根岸のわきでうなだれている。

「なあに、またひっ捕まえますよ」

椀田もそれくらいで落ち込んだりはしないが、

「お奉行。しめさんは見つかりません。そのほうが心配です」

と、言った。

「そうじゃな」

すると、そこへ土久呂凶四郎が源次とともに駆けつけて来た。

「お奉行。フクロウ姫が現れました」

「今宵はいろんなことが起きるものだな」

根岸は苦笑した。

「と、言いますと？」

「いや、まずはフクロウ姫の話を先にいたせ」

根岸にうながされ、凶四郎は先ほどのできごとを語った。

「ほほう。いなくなったのか？」

「はい。その際、付け火をしていきまして、火を消すほうを優先したため、追いかけることもできませんでした」

「それは致し方あるまい」

「しかし、あの姫もあのようなことをして外に出て、ふたたびあの藩邸にもどって来るのでしょうか」

「ふうむ。信濃上田藩の中屋敷や下屋敷はどこだったかな？」

「あ、そちらに行ったかもしれませんね」

「そっちに大名武鑑があるだろう」

根岸が棚を指差すと、先ほどの失態で小さくなっていた甲本善弥が、急いで大名武鑑を開き、信濃上田藩の箇所を確かめた。

「信州上田藩、松平伊賀守さま。中屋敷は持っていませんね。下屋敷が二つあり、深川の海辺大工町と、湯島天神下になっています。深川のほうはかなり広いですが、湯島天神下のは抱え屋敷みたいなもののようです」

「深川の海辺大工町だと？　雨傘屋。万年青の騒ぎがあったのは？」

「あ、それも深川です。清住町の代地ですが、海辺大工町は近くです」

「どうも、いろいろとつながるような気がしてきたな」

「と、おっしゃいますと？」

雨傘屋が訊いた。

「フクロウ姫と、逃げたウグイスと、消えたしめさんだよ」

「しめ親分もですか？」

「わしはしめさんもそこらにいるような気がしてきた」

「なんと」

皆、顔を見合わせた。

棚にあった切絵図を広げた宮尾が、

「御前。料亭福福田があったところは、信濃上田藩の下屋敷と隣り合っていますね」

と、言った。

「やはりそういうことか。ウグイスたちは、福福田を集合場所として使うため、あんな騒ぎを起こし、福福田を使えないようにしたのだ」

「なんと」

雨傘屋は頭を抱えた。

「しめさんは、なにかのきっかけでそれに気づいたのだろう。いまごろは、その福福田のなかにいるのではないかな」

「踏み込みましょう。急いで、深川に向かいます」

椀田が気負い込んで言った。

「踏み込むのは待て」

「ですが、しめさんが」

「しめさんはたぶん無事だ」

と、根岸は言った。

「なぜ、そう思われるので？」

凶四郎が訊いた。

「奉行所の牢に入れておいたウグイスに対し、いままで奪還しようという動きはまるでなかった。それが、しめさんがいなくなったら、向こうも動き出した。ということは？」

「しめさんが教えたのですか？」

「たぶんな」

「拷問にかけられて？」

「いや、たぶん拷問などはせぬ。わしは牢にいるとき、何度かウグイスとも話したが、あやつも決して狂暴な人間ではないようだった。福福田のあるじも、殺すまではさせたくなかったが、あんなことになって可哀そうだったとは言っておった。やつらはどうも、なにかしたいことがあるのだ」

「それが、信濃上田藩に関わることなのですね」

と、凶四郎は言った。

「うむ。これはまだ、確信のない話だが、浅間山が三年前にも爆発し、かなりの噴煙を撒き散らしたらしい。それが上田藩のほうに流れたりしたら、村々にもかなり被害が出たのではないかな」

「米や作物に被害が出れば、苦しむのは百姓ですね」

「一揆は起こさなかったが、まとめて村を捨てるようなことがあったかもしれぬ」

「それが江戸に来て、一揆の代わりに藩邸の武士に仕返しを？　それがあの、運び出された四つの早桶ですか？」

「どうも、そんな気がしてきたわな」

「それで、いま、深川の下屋敷の隣に陣を張って、討ち入りですか？」

「たぶんな」

「なんてこった」

凶四郎たちは頭を抱えた。

「とりあえず、土久呂と源次、それに雨傘屋は、急いで福福田に向かってもらうか。ただし、斬り込んだりはせぬようにな。ようすを見てくれ。万が一、しめさんが捕まっていて、助け出せそうなときは、試みてくれ」

「わかりました」

「おそらくウグイスもそちらだろう。舟を拾え。急いでくれ。わしもおっつけ、そちらに向かうことになるだろう」

三人は急いで飛び出して行った。

「討ち入りですか」

呆れたように宮尾が言った。

「ただ、赤穂浪士たちは、武士と武士の争いということで裁きも進んだ。今度の場合はそうではないわな」

「武士と百姓ですか？」

「その者たちはすでに村も捨てていたりすると、江戸の町人扱いにせねばならぬかもしれぬ」

「それはだいぶ面倒な話になりますね」

と、宮尾は言った。

「そうだな。酷い結末にはしたくないな」

「解決できるのですか？」

宮尾は根岸を見つめた。

「もう少し、事情を知りたいな」

と、根岸は言った。

「なんでしょう？」

「フクロウ姫のことさ」

「ああ」

「おそらく藩のなかは、かなりごたごたしているのだろうな」

「ははあ」

「他藩のことをいちばん知っているのは……」

「大目付さま？」

「大目付よりも……」

根岸はなにか思いついたように立ち上がった。

六

しめはまだ縛られたままである。

仲間には女もいて、さっきはおまるを持って来て、

「すみませんが、これで用を足してください」

と、開け放した襖からも見えない場所に置いて行ってくれた。

男たちは、なにやら討ち入りの支度に忙しいらしいが、下手したら今夜、決行するつもりかもしれない。ただ、まだ来ていない仲間でもいるのか。あるいは、このときという絶好の機会というのがあるのかもしれない。

しめのほうは、なにもすることがない。といって、眠けはやってこない。

そのうち、階段の下あたりで話し声がし出した。

もっとよく聞こえるように、開け放した襖のほうに、縛られたまま進んで、そっと近づいた。

どうやら、五、六人が握り飯を食いながら話しているらしい。

「また、あの村芝居をやりてえもんだ」

「あれは面白かったな」

「おらは、子どもたちが喜んでいた顔が忘れられねえだよ」

「まったくだ。あのとき稽古した影絵芝居を、あんなことで生かすことになるとは思ってもみなかったな」

「ああ。カラス猫なんか、本気にして。あいつらもよっぽどの馬鹿だよ」

「だが、あれはあそこの姫さまが何匹も黒猫を飼っていたからうまくいったんだ」

「そうだな」

「こっちでもやるのか?」

「いやあ、こっちに黒猫はいねえし、カラスもあんまり寄りつかねえ。こっちじゃやれないと、きもいりさまも言ってたよ」

「竹の先につけた包丁で、あんなにかんたんに刺せるなんて思わなかったわな」

「おらは、何べんもブスブス刺してやったよ。あいつらは、女房と娘二人の敵だもの」

「藩も、あいつらはひどいことをしたとは思ってたんだ。だから、国許に置かず、江戸に移しておいたんだろう」

「だけど、今度は屋敷の奥まで突っ込んでいかねえと、敵は討てねえよ」

このやりとりで、しめはなんとなくわかってきた。

カラス猫というのは、影絵芝居だったのだ。それでおびき寄せ、屋根に隠れた者が近寄って来た藩士を竿の先につけた包丁で刺したらしい。

「今宵、やるのかな」

「たぶんな。まずは深川十万坪で稽古しておいたムササビの作り物で屋敷のあちこちに火をつけるそうだ。藩士たちが慌てふためくところに突きかければ、相手が武士とはいえ、たやすいもんだよ」

「いまは、おれたちもしっかり腹ごしらえができてるしな」

「これで雪でも降ってくれると、忠臣蔵みたいになるんだがな」

「梅の匂いのなかの討ち入りも、乙(おつ)なもんだよ」

「あっはっは」

男たちの笑いには、悲愴な決意が感じられた。

そのとき、

「姫だ。姫さまだ」

という声がして、皆が下の一か所に集まったらしい。

しめは耳を澄ました。

姫の声がした。

「皆の者。ついにこのときが来た！」

「うぉーっ」

というどよめきが起きた。

「今宵。隣の藩邸に討ち入り、これまで藩政を牛耳り、そなたたち百姓にも地獄の苦しみを味わわせた者どもを討ち取るのだ！」

「おーっ！」

「すでに、この藩邸内の藩士たちの多くは、わらわの力に怯え、わらわにひれ伏し、わらわの味方になりつつある。そなたたちが突入しても、邪魔をする者は一部の者だけじゃ。必ずや、そなたたちの敵である上役どもと、憎き奥方を血祭りにあげることができるはずじゃ」

「おーっ！」

「何人、集まった？」

「男たちは四十七人になるはずです。まもなく、捉えられていたウグイスという者ももどってきますので」

きもいりが答えた。

「奇しくも赤穂浪士と同じではないか。成功は間違いなしじゃ」

「では、ただちに支度を」

「慌てるでない。討ち入るのは、夜明け間近がよかろう。真っ暗ななかで突入しても、なかの事情がわからなかったり、同士討ちがあったりして、かえって混乱が生じるものじゃ。明け方の突入じゃ。わかったな？」

「うぉーっ！」

「では、わらわがここにいるとまずいので、わらわは湯島天神下のほうで報せを待つことにする」

姫がそう言うと、

「なんだい。自分はそのかすだけして消えるのかい」

と、しめは小声で毒づいた。

どうやら、姫はいなくなったらしい。

すると、ほどなくして歓声が上がった。ウグイスがやって来たようだ。

「まさか、牢から脱け出したのかい？」

しめが唖然としていると、

「どこだい、女岡っ引きの親分は」

と、ウグイスは二階に上がって来た。

「あんた、まさか、奉行所の牢から?」

縛られ、横になったまま、しめは訊いた。

「ああ。脱け出させてもらったよ」

「嘘だろ」

「どうやら、腕のいい警護の者が出払っていたみたいでな。この前、おれをふん縛った二人もいなかったしな」

椀田さまと宮尾さまだ——と、しめは思った。おそらくあたしがいなくなって、捜し回っているのではないか。あたしは、なんてことをしちまったんだ。

「女親分のおかげだよ」

「そうかい」

しめは悔しくて、涙が出てきた。

七

根岸は、椀田と宮尾を伴って、八丁堀の白河藩邸にやって来た。南町奉行所からだと、そう遠くない。

「もうお休みなのでは?」

と、宮尾は訊いた。

「御前がこんな早く寝るわけがない。あのお方がお休みになるのは、明け方だよ」

「それじゃ、土久呂じゃないですか」

「それどころか、横になるのもせいぜい二刻ほど。極端に寝ているときが少ないのだ。それで、あの異様な元気だ。高貴なお方は、やはりどこか違うのかもな」

「ははあ」

根岸が直接来たとなれば、門番もすぐになかまでは入れてくれる。

いったん玄関わきの控えの間に入れられたが、すぐに奥へ通された。ただ、宮尾と椀田はそこで待たされている。

「いよう、根岸。なんだな、さっきはわしの誘いを断わっておいて」

定信は夜中でも、昼間のように昂(たかぶ)ったような調子である。

「相すみません。あのときはどうしても手が離せなかったものでして。じつは、御前には伺いたいことがあって、来たかったのですが」

「訊きたいこと？」

「はい。じつは、信濃上田藩のことなのですが」

根岸がそう言うと、定信は手を叩いて、

「あっはっは。面白いのう」

「と、おっしゃいますと？」

「ついさっき、その信濃上田藩の姫君が当家に来ておったのだ」

「なんと、まあ」

根岸もこれには驚いた。

「来るという報せがあったので、そなたにも会わせようと思って、使いを出したのさ」

「そうでしたか」

「それで、どうした？」

「ちと、話は混み入ってきそうですが、その姫は巷間、フクロウ姫と綽名されているお方ですね？」

「うむ。自分でもそう申していたな。もしかしたら、フクロウの化身が入り込んでいるかもしれぬとも言っておった。冗談なのだろうがな」

「いえ。冗談でなく、その話を利用している節があるのです」

「ほう」

「ご本名は？」

「松姫とおっしゃる」

「ご当主のお子さまなので？」

「違う。あの姫は、先代のお子。つまり、いまの当主の妹君だ」

「そうなので」

「しかも、二年ほど前に男の子を産んでおってな」

「嫁に行かれて？」

「だいぶ前に一度行ったが、どうも出戻ってきたらしいな」

「はあ」

「だから、その子のことでは、いろいろと噂があるわけさ」

「噂とは？」

根岸が訊くと、定信は顔をしかめ、

「わしから聞いたことは秘密だぞ」

黙ってうなずいたが、根岸はすでにぴんと来ている。

「……」

「三年ほど前だがな。築地の浴恩園（よくおんえん）で茶会を催したことがあった」

「はい」

浴恩園は、築地にある白河藩の下屋敷にある庭園で、定信の趣味や美意識を盛り込んだ名園として知られている。

「そこへ松姫さまも来ておられた。そのとき、上さまもお忍びでお出ましになられてな」

「……」

案の定である。なりゆきも想像できたが、根岸は黙って聞いている。

「茶会から、いつしか宴に変わり、陽が傾いてきたころ、上さまと松姫さまの姿が見えなくなった。しかし、誰も探そうとはしなかった。わかるか、根岸?」

「……」

七つか八つでも、勘のいい子どもならわかるだろう。

「それから十月十日ほどしたら、松姫さまにお子ができておった」

「わかりました。わたしは聞かなかったことにします」

「それでな、上田藩ではいま跡継ぎが決まっておらず、いろいろ揉めているらしい」

「それで、フクロウ姫がなぜ御前のところへいらしたのです? その御子さまを跡継ぎにしたいと?」

「じつは、あの姫は以前から面白い考えを持たれていた」

「どんな面白い考えなのでしょう?」

「うむ。大名家の当主は、代々、おなごがなるべきだというのさ。そのほうが、血筋は正しく伝わるのだと。男の場合は、子種がほんとうに殿さまのものか、疑う余地があるが、女を当主にすれば、その疑いは取り除くことができるのだと」

「ははあ」

「それも一理かとわしは思っていた。ところが、さっきはその姫君が訪ねて来て、この前の話は無しにいたしましたと」

「なしに？」

「おなごが継ぐより、やはり男子が継ぐべきだと、考えを変えましたと」

「ははあ。そういうことですか」

「自分の子を跡継ぎにさせたくなったわけだな」

「そうでしょうな。それで、姫はそのあと、どこかに行かれるとおっしゃっていませんでしたか？」

根岸は、自分がじりじりし出しているのを感じている。

「さあ。なにも言ってなかったがな」

「御前。フクロウ姫は、討ち入りをそそのかしに行ったのですよ」

「討ち入り？」

根岸は、これまでわかったことを自分の推測をまじえて手短かに語った。

「そうか。自分の御子を跡継ぎにするのに、邪魔者を除きたいわけか。おりしも国許から、村を捨てた者たちが江戸に来て、恨みを抱いているのを知り、けしかけたりもしたのか」

「おそらく」

「だが、わしの調べによると、藩全体を見れば、やはり奥方を支持する江戸家老たちの勢力が圧倒しているらしいぞ」

「そうなので」

定信は密偵が大好きで、じっさい大勢の密偵を動かしている。その定信が言うなら、間違いないだろう。

「ただ、当主はいま、国許に帰っておる」

「そこを狙ったのでしょう」

「驚いたな」

さすがに定信も唖然とした。

「松姫さまは、ご自分で、フクロウの化身が入り込んでいるというようなことをおっしゃっています。フクロウは深夜飛び回り、すぐ近くで人のようすを窺っているように見えます。すなわち、自分は藩士たちのことはなんでもわかると思わせたいのでしょう」

「それが狙いか。確かに松姫さまというのは、目が丸くてな、フクロウに似たお顔立ちなのだ。それが、可愛らしくもあるのだがな。今宵などは、髷を結わず、王朝の姫のように髪をこう、洗い髪のようにしておってな」

定信はまるで、自分の好みでも言うような調子である。

「そのお顔が、真後ろまで回るのだそうですぞ」

「うえっ、真後ろに……」

定信は顔をしかめた。

「そうしたことも利用して、いまでは百姓たちの気持ちも操っているのかもしれません」

「まさか、姫もいっしょに討ち入るのか？」

「いいえ、さすがに松姫さままで討ち入りに加わることはありますまい。百姓たちをそそのかし、江戸家老か、あるいは奥方さまあたりの命を奪わせておいて、それからご自分が乗り出そうという魂胆ではないでしょうか」

「なんと」

「いくらなんでも、松姫が江戸家老や奥方を討つのはまずいでしょうが、それを一揆としてやらせるわけです。やれるかどうかはともかく、なんとも大胆な策です」

「根岸。それはまずかろう」

「まずいです」

「防いでくれ」

「わかりました。が、楽翁さまにもご協力いただかないと」

「もちろんだ」

それから二人はしばし、声を低めて話し合った。

八

凶四郎と源次、そして雨傘屋は、深川の元福福田の前まで来ていた。

前を流れる大横川の土手に這いつくばるようにして、なかのようすを窺っている。

板戸などはすべて閉じられているが、なかに大勢の人がいて、慌ただしく動いているのは、ここからも感じられる。

「親分はなかにいますよ。いくらなんでも、ここでしめ親分を殺すようなことをしたら、悲鳴が三町四方くらいまでは聞こえているはずです」

と、雨傘屋は言った。

「おれもそう思うよ。だが、せめてどこに捕えられているかがわかればな」

「そうですよね」

「雨傘屋。なにか、しめさんだけが気がつくような合図はないのか？」

「合図？」

「ああ。それに返事があれば、居場所もわかるだろうよ」

「ちょっと待ってください」

と、雨傘屋はなにかを思い出そうとして、

「そうだ」

と、いつも持ち歩いている袋から、拍子木を取り出した。

「なんだ、それは？」

「拍子木なんですが、叩いてみますね」

それは、ふつうの拍子木より、甲高い音がした。

かーん、かーん。

と、鳴らしながら、

「火の用心さっしゃりやしょう」

そうも言った。

「それが合図なのか？」

「合図というより、これはあっしがこさえた拍子木で、なかに金物を挟み込んでいるんです。これだとふつうの拍子木より遠くまで聞こえるので役に立つんじゃないかと思ってつくったんですが、しめ親分は、その変な音を聞くと、鼻がむず痒くなると言いましてね。だから、もし、これが聞こえたなら……」

雨傘屋がそこまで言ったとき、

「へっくしょん」

と、くしゃみが聞こえた。

「ほら、親分ですよ」

雨傘屋の顔が輝いた。

「ああ、どこで聞こえた？」

「二階のあのあたりですね」

源次が真ん中あたりを指差した。

「へっくしょん」

もう一度、くしゃみが聞こえた。

「拍子木の音であっしが来ているのを悟って、返事をしてくれているんですよ」

「ああ、部屋は間違いない。あの真ん中の部屋だよ」

窓は板戸が閉められ、明かりも洩れていない。

「たぶん、縛られているのだろうな」

と、凶四郎は言った。

「動けないのでしょうか？」

雨傘屋が訊いた。

「いや、たぶんさっきのくしゃみは窓際まで来てやったのだ。足は動かせるが、後ろ手に縛られているといったところだろう」

「腕が使えれば、あの窓を開けて、抜け出せるかもしれませんね。こっちから、縄を投げればいいんです」

と、源次が言った。

「よし。ならば、こうしよう。宮尾ほどうまくはないが、板戸に刺すくらいはできるだろう」

凶四郎は、刀から小柄を取り出し、これをかなりの力をこめて放った。

小柄は、真ん中の部屋の板戸に深々と刺さった。

「これで、刃先が向こうまで突き出たはずだ。その先っぽを使えば、しめさんは縛られている縄を切ることができるだろう」

凶四郎がそう言うと、

「おう、なるほど」

と、雨傘屋は感心した。

じっさい、しばらくして、板戸がわずかに開けられ、しめが顔を出した。

凶四郎たちは手を振った。

源次が窓をもっと開けるように、手で指図し、開かれた部屋のなかに、石の重しをつけた捕物用の縄を投げ込んだ。

それを巻きつけるよう、またも身振りで指図すると、しめは自分の身体に縄を巻きつけた。

「おい、自分の身体にまきつけてどうするんだ。そうじゃなくて、柱か手すりにだよ」

言いながら、源次はそんな身振りをした。

やっとわかったらしく、しめは向こうの縄の先を窓の手すりに結び、こっちは柳の幹に結びつけた。この縄にぶら下がりながら、脱出してもらいたい。

しめはしばし躊躇(ためら)ったようだが、意を決したらしく、縄にぶら下がると、何度か落ちそうになりながらも、そこは必死で、どうにかこっちまで辿り着いた。

「よくやった、しめさん」

と、凶四郎は褒めた。

「ありがとうございます。ただ、ここでは大変なことが起きようとしているんです」

「討ち入りだろう？」

「え？　なんで？」

「根岸さまはおわかりだ」

「なんとまあ」

「いま、手を打っておられるはずだ。おっつけここにも来られるとおっしゃっていた」

「そうですか。なんと、まあ、根岸さまは……」

しめは張りつめていたものがいっきに緩んだらしく、へなへなと座り込んでしまった。

九

東の空が明るみ出したころ、根岸と椀田、宮尾、それから急遽(きゅうきょ)かき集めたらしい奉行所の者がざっと四十人ほど、駆けつけてきた。

「間に合ったか」

と、根岸は言った。

「ええ。しめさんが聞いた話だと、討ち入るのは明け方、明るくなってからだそうです」

「なるほど。よし、やめさせよう」

根岸はうなずき、福福田の玄関へ押し入った。

「南町奉行根岸肥前守だ。そのほうたちの無謀な討ち入りを止めに参った。頭領はいるか？」

根岸は、建物の奥に向かって叫んだ。

しばらく間があって、奥のほうにきもいりが姿を見せた。

「止めないでいただきたい。これは、江戸の町人たちとは無縁のこと。信濃上田藩の百姓一揆なのです」

「それをさせるわけにはいかぬと申しておるのだ！」

根岸がそう言ったとき、

「邪魔するな！」

叫びとともに、両側から竹槍が突き出てきた。

だが、根岸の両脇にいた椀田と宮尾が、すばやく刀を抜き、この竹の先を斬って落とした。同時に、凶四郎が前進し、ほかに潜んでいる者はいないかを確かめた。

そのときには、源次と雨傘屋、そしてしめも、十手を構えて、根岸の周囲を囲んでいる。訓練したわけでもないのに、万全の態勢だった。

「よく、聞け。そなたちは、操られているのだ」

と、根岸は奥に向かって言った。

「操られているですと？」

「フクロウ姫こと松姫さまにそそのかされ、討ち入りがうまくいくつもりでいるのだろうが、そんな甘いものではない。そなたたちが江戸に出て来ていることはもちろん、討ち入りをするつもりでいることも、松姫さまにそそのかされていることもすでにわかっている。すなわち、そなたたちの攻撃に対する備えはできているということだ」

「そんな馬鹿な。上屋敷でも、わしらの攻撃は成功している……」

　きもいりが言った。

「四人の藩士は討ち取ることができたと言うのか？　あれは、屋根の上までのことであろう。そなたたちは、藩邸内には一歩も踏み込んではおらぬ。もし、あのまま潜入していたら、間違いなく討ち取られていた」

　根岸がそう言うと、

「そんなことはない。藩士たちは、姫君さまに恐れおののき、ひれ伏している。あの姫さまのおっしゃることに間違いはない」

「あっはっは」

　と、根岸は笑い、

「確かに藩士たちもあの姫さまを薄気味悪く思っているのは間違いないだろう。が、ひれ伏したわけはなく、味方もせぬ。ただ、化け物でも見るように思っているだけだ。だから、そなたたちが突入すれば、皆、斬られ、一揆は完全な失敗に終わるぞ」

「嘘だ。そんなわけはない」

「嘘だと思うなら、ウグイス、そなたその塀の上にのぼって、藩邸のなかを見てみるがいい。そなたたちが突入すればどんなことになるか、一目瞭然のはずじゃ」

根岸がそう言うと、ウグイスが姿を見せ、きもいりとうなずき合ったあと、あの伝で物干し竿を使い、藩邸の高い塀の上に飛び乗った。

「げっ」

ウグイスが息を飲んだのがわかった。

そこには、上田藩邸の藩士たちが、弓や槍を手にし、盾を並べ、万全の態勢で突入に備えている光景が見て取れたはずである。

その兵士たちには、急遽、松平定信が遣わしてくれた軍勢も混じっているはずだった。

「ほんとだ、きもいりさま。お奉行さまの言うとおりだ」

うぐいすがそう言うと、きもいりはがくりと膝をついた。

大勢のすすり泣きが聞こえてきた。

終　章　帰って来た小鳥たち

一

それからしばらくして、根岸は、椀田と宮尾を伴って、湯島天神下の信濃上田藩邸にやって来た。

「南町奉行、根岸肥前守と申す」

と、名乗った。

「松姫さまにお目通りを。きわめて大事な用事ですので、ぜひともお会いしたいとお伝えいただきたい」

藩邸内が慌ただしくなった。

ここは、広大な深川の下屋敷と違って、ほんとうに小さな、町方の与力あたりが住んでいそうな屋敷である。松姫は、ここに御子とともに蟄居(ちっきょ)させられていたらしい。

まもなく奥に通された。

「お初にお目にかかります」

根岸は挨拶した。なるほど、髪を長くし、かなり濃く白粉を塗っている。歳のころは三十前後か。大きな目の輝きは尋常ではないが、不思議な魅力を漂わせている。

「そなたが根岸どのか。『耳袋』は読ませてもらっていた」

「畏(おそ)れ入ります」

「だが、根岸どのが、わらわの邪魔をしてくれるとは思わなかった」

「ほう。すでにご存じでしたか」

「わらわに従う小者が報告してくれたわ」

「なるほど」

「あと少しで、成功するところであったのに」

「いいえ、あのまま決行しても、おそらく討ち入りは失敗し、単に大勢の血が流れることになっただけでしょう」

「なぜ、失敗する。あの者たちは、わらわの身体に入り込んだフクロウの化身の怖さをわかっておる。皆、ひれ伏したことだろう」

「フクロウの化身ですか」

「そうじゃ。フクロウの化身は夜になるとあらゆるところに飛んで行き、密かな謀りごとまで嗅ぎとってしまう。フクロウに隠しごとはできぬ。それで、向こうの家老に与していた者たちも、わらわの仲間になりつつあったのじゃ」

「そうでしょうか」

「根岸さまも、『耳袋』をお書きになるくらいだから、この世の怪かしのことは、よくよく知り尽くしているだろうに」

「確かに怪かしというものは存在します」

根岸は目に見えているものがすべてとは思っていない。

「そうよな」

「しかし、姫さまのフクロウは贋物です」

「なにを申す」

「わたしも姫さまと同じことはできますゆえ」

「なんだと」

気色ばむ松姫に微笑みかけると、根岸は後ろを向き、それからゆっくり姫のほうを振り返った。根岸は鬼の面をつけていた。真っ赤な赤鬼の面である。それが、真後ろまで来て、姫の顔を凝視した。

「ううっ」

松姫は大きな目を瞠った。

根岸は向き直った。

「姫さまは、ご自分によく似たお面をお持ちなのでしょう。それを手で持ち、真後ろへと向けてみせる。ちょうど姫さまは髪を垂らすようにしておられるので、ほんとのお顔はうまく隠すことができる。手妻(てづま)です。だが、上手におやりになった」

「なんと……」

松姫はうなだれ、もう言葉を発しようとはしなかった。

二

それから三日ほどして——。

松平定信が奉行所にやって来た。今日もいきなりである。書類に向かっていた根岸の前に悠然と座り、

「茶はいらぬ」

と、言った。

「御前。今宵、お礼に伺う所存でした」

「礼などよい」

「畏れ入ります」

「それと、頼まれたこともやっておいた」

「そうですか」

「確かに、あの村の者もいまさら帰るわけには行かぬわな」

「そうなのです」

「江戸での暮らしが身についた者も出てきている」

「ええ」

　もともと苦労に耐える心構えのある者たちである。どうしても上っ調子な江戸っ子のなかに入れば、真面目さと堅実さで、暮らしの基盤を築いていけるだろう。

「だが、そなたが申したように、いまだ手に職をつけられずにいる者たちに、藩からの見舞金を支給させることにした」

「ありがとうございます」

「それと、これはわしが思いついたのだが、もともとあのあたりでは、うまいそばの実が採れたらしい。それを江戸で売るための店をやらせることにした」

「さすがですね」

　根岸は手を打った。

　定信の白河藩は、奥州がひどい飢饉に陥ったときも、さまざまな手を打ち、一人の餓死者も出さなかったという話もあるほどなのだ。

「いろいろお願いしてしまいましたが、こういう面倒なことをご相談できるのは、御前しかいませんでしたので」

「うむ。では、あの者たちはお咎めなしか」

「まあ、福福田の騒ぎをつくったきもいりと、牢から抜け出た男には、それなりの罪は着せますが、そうたいしたことにはしないつもりです」

「まったく忠臣蔵は一つで充分だ。またも起きれば、討ち入りが流行りになりかねぬ」

「そうなのです。世のなかの流行りというのは無視できませぬ。なんだって流行りになりますからな」

「まったくだ」

定信がうなずいたとき、庭のどこかで、

ホーホケキョ。

という鳴き声が聞こえた。

「お、ウグイスが来ておるではないか」

なるほど、耳を澄ませば、あっちでもこっちでもウグイスが鳴きかわし、メジロが元気よく飛び回る姿も眺められるではないか。

のどかな光景である。

「帰って来たようじゃな、小鳥たちが」

定信が目を細めて言った。

「ええ。やっと江戸に春が来たようですな」

根岸も心からホッとしていたのだった。

この小説は当文庫のための書き下ろしです。

編集協力　メディアプレス
DTP制作　エヴリ・シンク

本書の無断複写は著作権法上での例外を除き禁じられています。
また、私的使用以外のいかなる電子的複製行為も一切認められておりません。

文春文庫

耳袋秘帖（みみぶくろひちょう） 南町奉行と鴉猫に梟姫（みなみまちぶぎょうとからすねこにふくろうひめ）

定価はカバーに表示してあります

2025年4月10日　第1刷

著　者　風野真知雄（かぜのまちお）
発行者　大沼貴之
発行所　株式会社 文藝春秋

東京都千代田区紀尾井町 3-23　〒102-8008
TEL 03・3265・1211(代)
文藝春秋ホームページ　https://www.bunshun.co.jp

落丁、乱丁本は、お手数ですが小社製作部宛お送り下さい。送料小社負担でお取替致します。

印刷製本・TOPPANクロレ

Printed in Japan
ISBN978-4-16-792352-5

（　）内は解説者。品切の節はご容赦下さい。

風野真知雄
耳袋秘帖
南町奉行と大凶寺

深川にある題経寺は正月におみくじを引いたら大凶ばかり、檀家は落ち目になり、墓をつくれば死人が化けて出る。近所の商人から相談された根岸も、さほどの事とは思わなかったのだが。

か-46-43

風野真知雄
耳袋秘帖
南町奉行と餓舎髑髏（がしゃどくろ）

浅草橋の海産物問屋で十人を超える大量殺人が発生。隣家の旗本も血まみれで昏倒。屋敷の壁には「がしゃどくろ」の血文字が。江戸最恐のあやかし登場！　いったい何人が食われたのか？

か-46-45

風野真知雄
耳袋秘帖
南町奉行と火消し婆

江戸で火事が多発する折から、廻船問屋の宴に巨大な顔の怪（あやかし）〈宗源火〉が出現!?　一方で火を消して回る〈火消し婆〉も暗躍する。怪かしが跳梁跋扈するおかしな火事騒動の顚末は？

か-46-46

風野真知雄
耳袋秘帖
南町奉行と犬神の家

渋谷村の、かつての真神神社で殺しが起きた。周辺では犬の怪かし「すねこすり」に遭った村人が次々に行方不明に。犬を祭る「真神信仰」に関わる武家屋敷と事件の関係に南町奉行が迫る。

か-46-47

風野真知雄
耳袋秘帖
南町奉行と首切り床屋

始めは深川、次に神田の床屋で次々と首無し死体が見つかり、霊岸島の海産物問屋「品川屋」ではろくろっ首の噂が。「この騒動は続く」。予感的中の南町奉行・根岸肥前守が謎解きに挑む。

か-46-48

風野真知雄
耳袋秘帖
南町奉行と幽霊心中

朝早く大川河口の鉄砲洲の岸の小舟で発見された心中死体。美男美女の二人は、別々の事件で死んだはずだった。事件を洗い直してみると怪しいことばかり。次々に起こる怪異の行方は？

か-46-49

風野真知雄
耳袋秘帖
南町奉行と死神幇間（ほうかん）

たいこもち超弦亭ぽん助と遊んだ客はなぜか数日以内に非業の死を遂げるという。ある朝、紙問屋大松屋の若旦那の溺死体が発見され、根岸肥前守と仲間たちが噂の幇間を追ってみると……。

か-46-50

（　）内は解説者。品切の節はご容赦下さい。

千野隆司
朝比奈凜之助捕物暦
南町奉行所定町廻り同心・朝比奈凜之助。剣の腕は立つが、どこか頼りない若者に与えられた殺しの探索。幼い子を残し賊に殺された男の無念を晴らせ！　新シリーズ、第一弾。
ち-10-6

千野隆司
朝比奈凜之助捕物暦　駆け落ち無情
若い男女の駆け落ち、強盗事件、付火と焼死体。同日に起こった三つの難事件はやがて複雑な繫がりをみせて……。新米同心・凜之助が辿り着く悲しき事件の真相は？　シリーズ第二弾。
ち-10-7

千野隆司
朝比奈凜之助捕物暦　死人の口
ある事件で兄を亡くした朝比奈凜之助。背後には材木納入を巡る不正の影が。事件の真相を追っていた父が突然の隠居、家督を継いだ新米同心の成長と活躍を描く人気シリーズ第三弾。
ち-10-8

藤井邦夫
恋女房　新・秋山久蔵御用控（一）
〝剃刀〟の異名を持つ南町奉行所吟味方与力・秋山久蔵が帰ってきた！　嫡男・大助が成長し、新たな手下も加わってスケールアップした、人気シリーズの第二幕が堂々スタート！
ふ-30-36

藤原緋沙子
ふたり静　切り絵図屋清七
絵双紙本屋の「紀の字屋」を主人から譲られた浪人・清七郎は、人助けのために江戸の絵地図を刊行しようと思い立つ。人情味あふれる時代小説書下ろし新シリーズ誕生！　（縄田一男）
ふ-31-1

藤原緋沙子
岡っ引黒駒吉蔵（くろこまのきちぞう）
甲州出身、馬を自在に操る吉蔵が、江戸で岡っ引になり大活躍。ある日町を暴走する馬に飛び乗り、惨事を防ぐ。怪我人がいないか調べるうち、板前の仙太郎と出会うが……。新シリーズ！
ふ-31-7

文春文庫　最新刊

おやごころ　畠中恵
お気楽者の麻之助、ついに父に！「まんまこと」第9弾

墜落　真山仁
貧困、基地、軍用地主……沖縄の闇を抉り出した問題作

耳袋秘帖 **南町奉行と鴉猫に梟姫**　風野真知雄
鳥の姿が消えた江戸の町に猫に姿を変える鴉が現れた？

夏休みの殺し屋　石持浅海
副業・殺し屋の富澤は今日も変てこな依頼を推理する…

ギフテッド／グレイスレス　鈴木涼美
生と性、聖と俗のあわいを描く、芥川賞候補の衝撃作2篇

フェルメールとオランダ黄金時代　中野京子
なぞ多き人気画家フェルメールが生きた〝奇跡の時代〟

三國連太郎、彷徨う魂へ　宇都宮直子
映画史に燦然と輝く役者が死の淵まで語っていたすべて

菅と安倍　官邸一強支配はなぜ崩壊したのか　柳沢高志
菅・安倍政権とは何だったのか？　官邸弱体化の真相！

パナマ運河の殺人　平岩弓枝
期待と殺意を乗せ、豪華客船は出航する。名ミステリ復刊

奇術師の幻影　ヘンリック・フェキセウス　カミラ・レックバリ　富山クラーソン陽子訳
あまりに大胆なラストの驚愕。北欧ミステリの衝撃作